初岸
Chu an

与美同栖

泰戈尔诗选

Selected Poems
of Rabindranath Tagore

[印]拉宾德拉纳特·泰戈尔◎著
冰 心◎译

国际文化出版公司
·北 京·

图书在版编目（CIP）数据

泰戈尔诗选 /（印）拉宾德拉纳特·泰戈尔著；冰心译．—北京：国际文化出版公司，2016.11

ISBN 978-7-5125-0887-3

I.①泰… II.①拉… ②冰… III.①诗集－印度－现代 IV.①I351.25

中国版本图书馆CIP数据核字（2016）第228583号

泰戈尔诗选

作　　者　[印] 拉宾德拉纳特·泰戈尔
译　　者　冰　心
责任编辑　宋亚晅
特约编辑　刘冬爽
统筹监制　文　钊
策划编辑　文　雯
封面设计　新艺书文化
版式设计　刘伊娜
出版发行　国际文化出版公司
经　　销　北京时代光华图书有限公司
印　　刷　北京晨旭印刷厂
开　　本　880毫米×1230毫米　32开
　　　　　9.25印张　81千字
版　　次　2016年11月第1版
　　　　　2018年11月第5次印刷
书　　号　ISBN 978-7-5125-0887-3
定　　价　35.00元

国际文化出版公司
北京朝阳区东土城路乙9号　邮编：100013
总编室：（010）64271551　传真：（010）64271578
销售热线：（010）64271187
传真：（010）64271187-800
E-mail：icpc@95777.sina.net
http://www.sinoread.com

爱与美的永恒歌吟

1913年，即将因为爆发第一次世界大战而被迫中止的诺贝尔文学奖，自创立（1901年）十二年后，第一次颁给了欧洲之外的文学家，他就是来自印度的泰拉宾德拉纳特·泰戈尔，他获奖的作品是一部叫作《吉檀迦利》的诗集。

彼时，泰戈尔五十二岁，已经出版了二十六部诗集、十篇中短篇小说、六部长篇小说、十八部诗剧歌剧，以及若干散文集杂文集和论文集。在那纷纭四起、人心惶惶的世界战国时代，他用诗歌这一人类共同的精神之音，抚慰和唤醒着神性远离、苦难纵横的地球哀民。

选在这里的，是泰戈尔浩浩巨著中的两部诗集：《吉檀迦利》和《园丁集》，它们均由冰心先生翻译。

试回想1913年的世界环境：亚洲两个古老的大国——印度还是英国的殖民地，民族矛盾和种族矛盾尖锐；中国正处于积贫积弱的民国初期。世界的中心在富庶的欧洲。当来自东方殖民地国家的诗集摆在瑞典文学院时，激烈的论争已经远远超出了诗歌本身。然而，《吉檀迦利》的魅力，却还是大大超越了种族、政治、国度这些世俗的藩篱。

推荐它参与诺贝尔奖评选的瑞典诗人瓦尔纳·冯·海登斯塔姆说：

“我读了这些诗歌，深受感动。我不记得过去二十多年我是否读过如此优美的抒情诗歌，我从中真不知道得到多么久远的享受，仿佛我正在饮着一股清凉而新鲜的泉水。在它们的每一处思想和感情所显示的炽热和爱的纯洁性中，心灵的清澈，风格的优美和自然的激情，所有这一切都水乳交融，揭示出一种完整的、深刻的、罕见的精神美。他的作品没有争执、尖锐的东西，没有伪善、高傲或低卑。”

“吉檀迦利”，直译便是“献之歌”，是献给神的赞歌。英文版的《吉檀迦利》由泰戈尔从自己的三本孟加拉文诗集《吉檀迦利》《渡船》《奉献集》翻译合集而成。其中蕴含着对生命、对自然、对一切或隐或显的存在的赞美，充满着博爱、虔敬的精神。这种善良美好的信仰，根源于对天地自然和神明的敬畏。它所包含的智慧，来源于古印度深沉的宗教生命体验，其精神导向与佛陀的教诲无二致（这一点，泰戈尔先生自己也论述过），与我们中国的传统道德文化也有不谋而合之旨归。在追慕真与美这样崇高的人类精神信仰层面，世界原本一体。所以，洋溢着爱与美之气息的《吉檀迦利》能够在一个充满冲突的年代，感动不同民族的人，获得诺贝尔文学奖的垂青。

《园丁集》则是一本“关于爱情和人生”的诗集。原文来自泰戈尔年轻时创作的几册诗集：《刹那集》《梦幻集》《金船集》《缤纷集》等。写作这些诗歌时，泰戈尔已经从英国留学归来，藉由家族工作需要，去了印度乡下。在1880年到1900年这二十年间，泰戈尔亲身体验和参与了印度乡间的生活。正是这丰富的民间养料，开拓了他的视野和胸怀，使他创作出了许多经典而纯粹的印度诗歌。《园丁集》里那些充满印度乡间趣味的场景、对话、故事，是这颗赤忱的心灵对祖国风貌如实而亲切的描绘。单纯热烈的乡民情感，纯朴自然的故土风貌，因此永久地定格在他生机盎然的诗歌里。

历史深，天地旷，不同的民族和地域，语言和乐声不尽相同，人性却相去不远。非常久远的古代和非常遥远的远方生活着的人，和此时此地的我们，都会被那些代表人类永恒精神的诗歌感动。诗歌，从这个意义上而言，是人类在用文字表现心灵之相，用乐调传颂心灵之音。

泰戈尔自己曾经说过:

“我觉得我不能说我自己是一个纯粹的诗人，这是显然的。诗人在我的中间已变换了式样，同时取得了传道者的性格。我创立了一种人生哲学，而在哲学中间，又是含有强烈的情绪质素，所以我的哲学能歌咏，也能说教。我的哲学像天际的云，能化成一阵时雨，同时也能染成五色彩霞，以装点天上的筵宴。”

在东方世界里，关于生命和天地自然的智慧，常常是借由诗歌的风播传诵，来化导人心、启迪心灵、抚慰生命。中国与印度都是诗歌的国度。曾经，我们用《诗经》里的《颂》来敬颂祖先先圣，用《雅》来歌颂天地仁君，用《风》来表达亲情爱情，用一切诗歌来传达我们的心声，歌咏我们的情怀，抒发我们的喜怒哀乐。

像泰戈尔一样，那些能给人警醒和安慰的木铎诗者，便是人类精神的传播弘扬者，他们可以变幻各种方式，以漫天花雨的姿态，播撒诗歌的教化能量。

泰戈尔和他那充满爱与美的永恒的诗歌，属于全世界。现在，让它轻轻地，走进我们的心灵。

陈小曼

译者序

泰戈尔是我青年时代所最爱慕的外国诗人。他是一个爱国者、哲人和诗人。他的诗中喷溢着他对于祖国的热恋，对于妇女的同情和对于儿童的喜爱。有了强烈的爱就会有强烈的恨，当他所爱的一切受到侵犯的时候，他就会发出强烈的怒吼。他的爱和恨像海波一样，荡漾开来，遍及了全世界。

印度人说他是诞生在歌鸟之巢中的孩子，他的戏剧、小说、散文……都散发着浓郁的诗歌的气味。他的人民热爱他所写的自然而真挚的诗歌。当农夫、渔民以及一切劳动者，在田间、海上或其他劳动的地方，和着自己的劳动节奏，唱着泰戈尔的诗歌，来抒发心中的欢乐和忧愁的时候，他们并不知道这些唱出自己情感的歌词是哪一位诗人写的。

我最初选择他的《吉檀迦利》，只因为它是泰戈尔诗集中我最喜爱的一本。后来我才知道《吉檀迦利》也是他诗歌中最有代表性的一本。从这本诗里，我游历了他的美丽富饶的国土，认识了他的坚韧温柔的妇女，接触了他的天真活泼的儿童。一九五三年以后，我多次到印度去，有机会看到了他所描写的一切，我彻底地承认泰戈尔是属于印度人民的。

泰戈尔的诗名远远超越了他的国界。我深感遗憾的是我没有学过富于音乐性的孟加拉语。我翻译的《吉檀迦利》和《园丁集》，都是从英文翻过来的——虽然这两本诗的英文，也是泰戈尔的手笔——我纵然尽上最大的努力，也只能传达出这些诗中的一点诗情和哲理，至于原文的音乐性就根本无从得到了。

我是那样地喜爱泰戈尔，我也到过孟加拉他的家，在他坐过的七叶树下站了许久，我还参观过他所创立的国际学校。

但是，“室迩人远”，我从来没有拜见他本人。一九二四年泰戈尔来到中国的时候，我还在美国求学。后来我听到一位招待他的人说，当他离开北京，走出寓所的时候，有人问他：

“落下什么东西没有（Any thing left）？”

他愀然地摇摇头说：

“除了我的一颗心之外，我没有落下什么东西了（Nothing but my heart）。”

这是我间接听到的很动我心的话。多么多情的一位老人呵！

现在是清晨八点钟，我案边窗台上花瓶里的玫瑰花，正不时地以沁人的香气来萦绕我的笔端。我相信，在这个时刻，这种环境为我译的泰戈尔诗作序，是最相宜的。

冰心

一九八一年六月二十三日

目录

吉檀迦利

（1912）

1

你已经使我永生，
这样做是你的欢乐。
这脆薄的杯儿，
你不断地把它倒空，
又不断地以新生命来充满。

这小小的苇笛，
你携带着它逾山越谷，
从笛管里吹出永新的音乐。

在你双手的不朽的按抚下，
我的小小的心，
消融在无边快乐之中，
发出不可言说的词调。

你的无穷的赐予只倾入我小小的手里。
时代过去了，
你还在倾注，
而我的手里还有余量待充满。

2

当你命令我歌唱的时候，
我的心似乎要因着骄傲而炸裂；
我仰望着你的脸，
眼泪涌上我的眶里。

我生命中一切的凝涩与矛盾
融化成一片甜柔的谐音——
我的赞颂像一只欢乐的鸟，
振翼飞越海洋。

我知道你欢喜我的歌唱。
我知道只因为我是个歌者，
才能走到你的面前。

我用我的歌曲的远伸的翅梢，
触到了你的双脚，
那是我从来不敢想望触到的。

在歌唱中的陶醉，

我忘了自己，

你本是我的主人，

我却称你为朋友。

3

我不知道你怎样地唱，

我的主人！

我总在惊奇地静听。

你的音乐的光辉照亮了世界。

你的音乐的气息透彻诸天。

你的音乐的圣泉冲过一切阻挡的岩石，

向前奔涌。

我的心渴望和你合唱，

而挣扎不出一点声音。

我想说话，

但是言语不成歌曲，

我叫不出来。

呵，你使我的心变成了

你的音乐的漫天大网中的俘虏，

我的主人！

4

我生命的生命，
我要保持我的躯体永远纯洁，
因为我知道你的生命的摩抚，
接触着我的四肢。

我要永远从我的思想中屏除虚伪，
因为我知道你就是
那在我心中燃起理智之火的真理。

我要从我心中驱走一切的丑恶，
使我的爱开花，
因为我知道你在我的心宫深处安设了座位。

我要努力在我的行为上表现你，
因为我知道是你的威力，
给我力量来行动。

5

请容我懈怠一会儿，
来坐在你的身旁。
我手边的工作等一下子再去完成。

不在你的面前，
我的心就不知道什么是安逸和休息，
我的工作变成了无边的劳役海中的无尽的劳役。

今天，
炎暑来到我的窗前，
轻嘘微语；群蜂在花树的宫廷中尽情弹唱。

这正是应该静坐的时光，
和你相对，
在这静寂和无边的闲暇里唱出生命的献歌。

6

摘下这朵花来，
拿了去罢，
不要迟延！
我怕它会萎谢了，
掉在尘土里。

它也许配不上你的花冠，
但请你采折它，
以你手采折的痛苦来给它光宠。
我怕在我警觉之先，
日光已逝，
供献的时间过了。

虽然它颜色不深，
香气很淡，
请仍用这花来礼拜，
趁着还有时间，
就采折罢。

7

我的歌曲把她的妆饰卸掉。
她没有了衣饰的骄奢。
妆饰会成为我们合一之玷；
它们会横阻在我们之间，
它们丁当的声音会掩没了你的细语。

我的诗人的虚荣心，
在你的容光中羞死。
呵，诗圣，
我已经拜倒在你的脚前。
只让我的生命简单正直像一支苇笛，
让你来吹出音乐。

8

那穿起王子的衣袍和挂起珠宝项链的孩子，
在游戏中他失去了一切的快乐；
他的衣服绊着他的步履。

为怕衣饰的破裂和污损，
他不敢走进世界，
甚至于不敢挪动。

母亲，
这是毫无好处的，
如你的华美的约束，
使人和大地健康的尘土隔断，
把人进入日常生活的盛大集会的权利剥夺去了。

9

呵，
傻子，
想把自己背在肩上！
呵，
乞人，
来到你自己门口求乞！

把你的负担卸在那双能担当一切的手中罢，
永远不要惋惜地回顾。

你的欲望的气息，
会立刻把它接触到的灯火吹灭。
它是不圣洁的——
不要从它不洁的手中接受礼物。
只领受神圣的爱所付予的东西。

10

这是你的脚凳，
你在最贫最贱最失所的人群中歇足。

我想向你鞠躬，
我的敬礼不能达到你歇足地方的深处——
那最贫最贱最失所的人群中。

你穿着破敝的衣服，
在最贫最贱最失所的人群中行走，
骄傲永远不能走近这个地方。

你和那最没有朋友的
最贫最贱最失所的人们作伴，
我的心永远找不到那个地方。

11

把礼赞和数珠撇在一边罢！

你在门窗紧闭幽暗孤寂的殿角里，

向谁礼拜呢？

睁开眼你看，

上帝不在你的面前！

他是在锄着枯地的农夫那里，

在敲石的造路工人那里。

太阳下，

阴雨里，

他和他们同在，

衣袍上蒙着尘土。

脱掉你的圣袍，

甚至像他一样的下到泥土里去罢！

超脱吗？
从哪里找超脱呢？
我们的主已经高高兴兴地
把创造的锁链带起；
他和我们大家永远联系在一起。

从静坐里走出来罢，
丢开供养的香花！
你的衣服污损了又何妨呢？
去迎接他，
在劳动里，
流汗里，
和他站在一起罢。

12

我旅行的时间很长，
旅途也是很长的。

天刚破晓，
我就驱车起行，
穿遍广漠的世界，
在许多星球之上，
留下辙痕。

离你最近的地方，
路途最远，
最简单的音调，
需要最艰苦的练习。

旅客要在每个生人门口敲叩，
才能敲到自己的家门，
人要在外面到处漂流，
最后才能走到最深的内殿。

我的眼睛向空阔处四望，
最后才合上眼说：
“你原来在这里！”

这句问话和呼唤“呵，在哪儿呢？”
融化在千股的泪泉里，
和你保证的回答“我在这里！”的洪流，
一同泛滥了全世界。

13

我要唱的歌，
直到今天还没有唱出。

每天我总在乐器上调理弦索。

时间还没有到来，
歌词也未曾填好；
只有愿望的痛苦在我心中。

花蕊还未开放；
只有风从旁叹息走过。

我没有看见过他的脸，
也没有听见过他的声音；
我只听见他轻蹑的足音，
从我房前路上走过。

悠长的一天消磨在
为他在地上铺设座位；
但是灯火还未点上，
我不能请他进来。

我生活在和他相会的希望中，
但这相会的日子还没有来到。

14

我的欲望很多，
我的哭泣也很可怜，
但你永远用坚决的拒绝来拯救我；
这刚强的慈悲已经紧密地交织在我的生命里。

你使我一天一天地更配领受
你自动的简单伟大的赐予——
这天空和光明，
这躯体和生命与心灵——
把我从极欲的危险中拯救了出来。

有时候我懈怠地捱延，
有时候我急忙警觉寻找我的路向；
但是你却忍心地躲藏起来。

你不断地拒绝我，
从软弱动摇的欲望的危险中拯救了我，
使我一天一天地更配得你完全的接纳。

15

我来为你唱歌。
在你的厅堂中，
我坐在屋角。

在你的世界中我无事可做；
我无用的生命只能放出无目的的歌声。

在你黑暗的殿中，
夜半敲起默祷的钟声的时候，
命令我罢，
我的主人，
来站在你面前歌唱。

当金琴在晨光中调好的时候，
宠赐我罢，
命令我来到你的面前。

16

我接到这世界节日的请柬，
我的生命受了祝福。
我的眼睛看见了美丽的景象，
我的耳朵也听见了醉人的音乐。

在这宴会中，
我的任务是奏乐，
我也尽力演奏了。

现在，
我问，
那时间终于来到了吗，
我可以进去瞻仰你的容颜，
并献上我静默的敬礼吗？

17

我只在等候着爱，
要最终把我交在他手里。
这是我迟误的原因，
我对这延误负咎。

他们要用法律和规章，来紧紧地约束我；
但是我总是躲着他们，
因为我只等候着爱，
要最终把我交在他手里。

人们责备我，说我不理会人；
我也知道他们的责备是有道理的。

市集已过，
忙人的工作都已完毕。
叫我不应的人都已含怒回去。
我只等候着爱，
要最终把我交在他手里。

18

云霾堆积，

黑暗渐深。

呵，

爱，

你为什么让我独在门外等候？

在中午工作最忙的时候，

我和大家在一起，

但在这黑暗寂寞的日子，

我只企望着你。

若是你不容我见面，

若是你完全把我抛弃，

我真不知将如何度过这悠长的雨天。

我不住地凝望遥远的阴空，

我的心和不宁的风一同彷徨悲叹。

19

若是你不说话，
我就含忍着，
以你的沉默来填满我的心。

我要沉静地等候，
像黑夜在星光中无眠，
忍耐地低首。

清晨一定会来，
黑暗也要消隐，
你的声音将划破天空从金泉中下注。

那时你的话语，
要在我的每一鸟巢中生翼发声，
你的音乐，
要在我林丛繁花中盛开怒放。

20

莲花开放的那天，
唉，我不自觉地在心魂飘荡。
我的花篮空着，
花儿我也没有去理睬。

不时的有一段忧愁来袭击我，
我从梦中惊起，
觉得南风里有一阵奇香的芳踪。

这迷茫的温馨，
使我想望得心痛，
我觉得这仿佛是夏天渴望的气息，
寻求圆满。

我那时不晓得它离我是那么近，
而且是我的，
这完美的温馨，
还是在我自己心灵的深处开放。

21

我必须撑出我的船去。
时光都在岸边捱延消磨了——
不堪的我呵！

春天把花开过就告别了。
如今落红遍地，
我却等待而又留连。

潮声渐喧，
河岸的荫滩上黄叶飘落。

你凝望着的是何等的空虚！
你不觉得
有一阵惊喜和对岸遥远的歌声
从天空中一同飘来吗？

22

在七月淫雨的浓阴中，
你用秘密的脚步行走，
夜一般的轻悄，
躲过一切的守望的人。

今天，
清晨闭上眼，
不理连连呼喊的狂啸的东风，
一张厚厚的纱幕遮住永远清醒的碧空。

林野住了歌声，
家家闭户。
在这冷寂的街上，
你是孤独的行人。
呵，我唯一的朋友，
我最爱的人，
我的家门是开着的——不要梦一般地走过罢。

23

在这暴风雨的夜晚你还在外面作爱的旅行吗，
我的朋友？

天空像失望者在哀号。

我今夜无眠。
我不断地开门向黑暗中瞭望，
我的朋友！

我什么都看不见。
我不知道你要走哪一条路！

是从墨黑的河岸上，
是从远远的愁惨的树林边，
是穿过昏暗迂回的曲径，
你摸索着来到我这里吗，
我的朋友？

24

假如一天已经过去了，
鸟儿也不歌唱，
假如风也吹倦了，
那就用黑暗的厚幕把我盖上罢，
如同你在黄昏时节用睡眠的衾被裹上大地，
又轻柔地将睡莲的花瓣合上。

旅客的行程未达，
粮袋已空，
衣裳破裂污损，
而又筋疲力尽，
你解除了他的羞涩与困穷，
使他的生命像花朵一样在仁慈的夜幕下苏醒。

25

在这困倦的夜里，
让我帖服地把自己交给睡眠，
把信赖托付给你。

让我不去勉强我的萎靡的精神，
来准备一个对你敷衍的礼拜。

是你拉上夜幕盖上白日的倦眼，
使这眼神在醒觉的清新喜悦中，
更新了起来。

26

他来坐在我的身边，
而我没有醒起。
多么可恨的睡眠，
唉，
不幸的我呵！

他在静夜中来到；
手里拿着琴，
我的梦魂和他的音乐起了共鸣。

唉，
为什么每夜就这样地虚度了？
呵，
他的气息接触了我的睡眠，
为什么我总看不见他的面？

27

灯火，

灯火在哪里呢？

用熊熊的渴望之火把它点上罢！

灯在这里，却没有一丝火焰，

——这是你的命运吗，我的心呵！

你还不如死了好！

悲哀在你门上敲着，

她传话说你的主醒着呢，

他叫你在夜的黑暗中奔赴爱的约会。

云雾遮满天空，

雨也不停地下。

我不知道我心里有什么在动荡，

——我不懂得它的意义。

一霎的电光，
在我的视线上抛下一道更深的黑暗，
我的心摸索着寻找那夜的音乐对我呼唤的径路。

灯火，
灯火在哪里呢？
用熊熊的渴望之火把它点上罢！
雷声在响，
狂风怒吼着穿过天空。
夜像黑岩一般的黑。
不要让时间在黑暗中度过罢。
用你的生命把爱的灯点上罢。

28

罗网是坚韧的，
但是要撕破它的时候我又心痛。

我只要自由，
为希望自由我却觉得羞愧。

我确知那无价之宝是在你那里，
而且你是我最好的朋友，
但我却舍不得清除我满屋的俗物。

我身上披的是尘灰与死亡之衣；
我恨它，却又热爱地把它抱紧。

我的债负很多，
我的失败很大，
我的耻辱秘密而又深重；
但当我来求福的时候，
我又战栗，唯恐我的祈求得了允诺。

29

被我用我的名字囚禁起来的那个人，
在监牢中哭泣。
我每天不停地筑着围墙；
当这道围墙高起接天的时候，
我的真我便被高墙的黑影遮断不见了。

我以这道高墙自豪，
我用沙土把它抹严，
唯恐在这名字上还留着一丝罅隙；
我煞费了苦心，
我也看不见了真我。

30

我独自去赴幽会。
是谁在暗寂中跟着我呢？

我走开躲他，
但是我逃不掉。

他昂首阔步，
使地上尘土飞扬；
我说出的每一个字里，
都掺杂着他的喊叫。

他就是我的小我，
我的主，
他恬不知耻；
但和他一同到你门前，
我却感到羞愧。

31

“囚人，告诉我，谁把你捆起来的？”

“是我的主人，”
囚人说，
“我以为我的财富与权力胜过世界上一切的人，
我把我的国王的钱财聚敛在自己的宝库里。
我昏困不过，
睡在我主的床上，
一觉醒来，
我发现我在自己的宝库里做了囚人。”

“囚人，
告诉我，
是谁铸的这条坚牢的锁链？”

“是我，”
囚人说，
“是我自己用心铸造的。
我以为我的无敌的权力会征服世界，
使我有无碍的自由。
我日夜用烈火重锤打造了这条铁链。
等到工作完成，
铁链坚牢完善，
我发现这铁链把我捆住了。”

32

尘世上那些爱我的人，
用尽方法拉住我。
你的爱就不是那样，
你的爱比他们的伟大得多，
你让我自由。

他们从不敢离开我，
恐怕我把他们忘掉。
但是你，
日子一天一天地过去，
你还没有露面。

若是我不在祈祷中呼唤你，
若是我不把你放在心上，
你爱我的爱情仍在等待着我的爱。

33

白天的时候，
他们来到我的房子里说，
“我们只占用最小的一间屋子。”

他们说，
“我们要帮忙你礼拜你的上帝，
而且只谦恭地领受我们应得的一份恩典”；
他们就在屋角安静谦柔地坐下。

但是在黑夜里，
我发现他们强暴地冲进我的圣堂，
贪婪地攫取了神坛上的祭品。

34

只要我一息尚存，
我就称你为我的一切。

只要我真诚不灭，
我就感觉到你在我的四围，
任何事情，我都来请教你，
任何时候都把我的爱献上给你。

只要我一息尚存，
我就永不把你藏匿起来。

只要把我和你的意旨锁在一起的脚镣，
还留着一小段，
你的意旨就在我的生命中实现——
这脚镣就是你的爱。

35

在那里，心是无畏的，头也抬得高昂；

在那里，知识是自由的；

在那里，世界还没有被狭小的家国的墙隔成片段；

在那里，话是从真理的深处说出；

在那里，不懈的努力向着“完美”伸臂；

在那里，理智的清泉没有沉没在积习的荒漠之中；

在那里，心灵是受你的指引，
走向那不断放宽的思想与行为——

进入那自由的天国，
我的父呵，让我的国家觉醒起来罢。

36

这是我对你的祈求，
我的主——请你铲除，
铲除我心里贫乏的根源。

赐给我力量
使我能清闲地承受欢乐与忧伤。

赐给我力量
使我的爱在服务中得到果实。

赐给我力量
使我永不抛弃穷人也永不向淫威屈膝。

赐给我力量
使我的心灵超越于日常琐事之上。

再赐给我力量
使我满怀爱意地把我的力量服从你意志的指挥。

37

我以为我的精力已竭，
旅程已终——前路已绝，
储粮已尽，
退隐在静默鸿濛中的时间已经到来。

但是我发现你的意志在我身上不知有终点。
旧的言语刚在舌尖上死去，
新的音乐又从心上进来；
旧辙方迷，
新的田野又在面前奇妙地展开。

38

我需要你，只需要你——
让我的心不停地重述这句话。
日夜引诱我的种种欲念，
都是透顶的诈伪与空虚。

就像黑夜隐藏在祈求光明的朦胧里，
在我潜意识的深处也响出呼声——
我需要你，只需要你。

正如风暴用全力来冲击平静，
却寻求终止于平静，
我的反抗冲击着你的爱，
而它的呼声也还是——
我需要你，只需要你。

39

在我的心坚硬焦躁的时候，
请洒我以慈霖。

当生命失去恩宠的时候，
请赐我以欢歌。

当烦杂的工作在四围喧闹，
使我和外界隔绝的时候，
我的宁静的主，
请带着你的和平与安息来临。

当我乞丐似的心，
蹲闭在屋角的时候，
我的国王，请你以王者的威仪破户而入。

当欲念以诱惑与尘埃来迷蒙我的心眼的时候，
呵，圣者，你是清醒的，
请你和你的雷电一同降临。

40

在我干枯的心上，
好多天没有受到雨水的滋润了，
我的上帝。

天边是可怕的赤裸——
没有一片轻云的遮盖，
没有一丝远雨的凉意。

如果你愿意，
请降下你的死黑的盛怒的风雨，
以闪电震慑诸天罢。

但是请你召回，
我的主，
召回这弥漫沉默的炎热罢，
它是沉重尖锐而又残忍，
用可怕的绝望焚灼人心。

让慈云低垂下降，
像在父亲发怒的时候，
母亲的含泪的眼光。

41

我的情人，
你站在大家背后，
藏在何处的阴影中呢?
在尘土飞扬的道上，
他们把你推开走过，
没有理睬你。
在乏倦的时间，
我摆开礼品来等候你，
过路的人把我的香花一朵一朵地拿去，
我的花篮几乎空了。

清晨，中午都过去了。
暮色中，
我倦眼蒙胧。
回家的人们瞟着我微笑，
使我满心羞惭。
我像女丐一般地坐着，
拉起裙儿盖上脸，

当他们问我要什么的时候，
我垂目没有答应。

呵，真的，
我怎能告诉他们说我是在等候你，
而且你也应许说你一定会来。
我又怎能抱愧地说我的妆奁就是贫穷。

呵，我在我心的微隐处紧抱着这一段骄荣。

我坐在草地上凝望天空，
梦想着你来临时候那忽然炫耀的豪华
——万彩交辉，
车辇上金旗飞扬，
在道旁众目睽睽之下，
你从车座下降，
把我从尘埃中扶起坐在你的旁边，
这褴褛的丐女，

含羞带喜，
像蔓藤在暑风中颤摇。

但是时间流过了，
还听不见你的车辇的轮声。
许多仪仗队伍都在光彩喧阗中走过了。

你只要静默地站在他们背后吗？
我只能哭泣着等待，
把我的心折磨在空虚的伫望之中吗？

42

在清晓的密语中，
我们约定了同去泛舟，
世界上没有一个人知道
我们这无目的无终止的遨游。

在无边的海洋上，
在你静听的微笑中，
我的歌唱抑扬成调，
像海波一般的自由，
不受字句的束缚。

时间还没有到吗？
你还有工作要做吗？
看罢，暮色已经笼罩海岸，
苍茫里海鸟已群飞归巢。

谁知道什么时候可以解开链索，
这只船会像落日的余光，
消融在黑夜之中呢？

43

那天我没有准备好来等候你，
我的国王，
你就像一个素不相识的平凡的人，
自动地进到我的心里，
在我生命的许多流逝的时光中，
盖上了永生的印记。

今天我偶然照见了你的签印，
我发现它们和我遗忘了的日常哀乐的回忆，
杂乱地散掷在尘埃里。

你不曾鄙夷地避开我童年时代在尘土中的游戏，
我在游戏室里所听见的足音，
和在群星中的回响是相同的。

44

阴晴无定，
夏至雨来的时节，
在路旁等候瞭望，
是我的快乐。

从不可知的天空带信来的使者们，
向我致意又向前赶路。

我衷心欢畅，
吹过的风带着清香。

从早到晚我在门前坐地，
我知道我一看见你，
那快乐的时光便要突然来到。

这时我自歌自笑。
这时空气里也充满着应许的芬芳。

45

你没有听见他静悄的脚步吗？
他正在走来，
走来，
一直不停地走来。

每一个时间，
每一个年代，
每日每夜，
他总在走来，
走来，
一直不停地走来。

在许多不同的心情里，
我唱过许多歌曲，
但在这些歌调里，
我总在宣告说，
“他正在走来，走来，一直不停地走来。”

四月芬芳的晴天里，
他从林径中走来，
走来，
一直不停地走来。

七月阴暗的雨夜中，
他坐着隆隆的云辇，
前来，前来，
一直不停地前来。

愁闷相继之中，
是他的脚步踏在我的心上，
是他的双脚的黄金般的接触，
使我的快乐发出光辉。

46

我不知道从久远的什么时候，
你就一直走近来迎接我。

你的太阳和星辰永不能把你藏起
使我看不见你。

在许多清晨和傍晚，
我曾听见你的足音，
你的使者曾秘密地到我心里来召唤。

我不知道为什么今天我的生活完全激动了，
一种狂欢的感觉穿过了我的心。

这就像结束工作的时间已到，
我感觉到在空气中有你光降的微馨。

47

夜已将尽，
等他又落了空。
我怕在清晨我正在倦睡的时候，
他忽然来到我的门前。
呵，朋友们，
给他开着门罢——
不要拦阻他。

若是他的脚步声没有把我惊醒，
请不要叫醒我。
我不愿意小鸟嘈杂的合唱，
和庆祝晨光的狂欢的风声，
把我从睡梦中吵醒。
即使我的主突然来到我的门前，
也让我无扰地睡着。

呵，我的睡眠，
宝贵的睡眠，
只等着他的摩触来消散。

呵，我的合着的眼，
只在他微笑的光中才开睫，
当他像从洞黑的睡眠里
浮现的梦一般地站立在我面前。

让他作为最初的光明和形象，
来呈现在我的眼前。
让他的眼光成为我觉醒的灵魂最初的欢跃。
让我自我的返回成为向他立地的皈依。

48

清晨的静海，

漾起鸟语的微波；

路旁的繁花，

争妍斗艳；

在我们匆忙赶路无心理睬的时候，

云隙中散射出灿烂的金光。

我们不唱欢歌，

也不嬉游；

我们也不到村集上去交易；

我们一语不发，

也不微笑；

我们不在路上留连。

时间流逝，

我们也加速了脚步。

太阳升到中天，

鸽子在凉阴中叫唤。

枯叶在正午的炎风中飞舞。
牧童在榕树下做他的倦梦，
我在水边卧下，
在草地上展布我困乏的四肢。

我的同伴们嘲笑我；
他们抬头疾走；
他们不回顾也不休息；
他们消失在远远的碧霭之中。
他们穿过许多山林，
经过生疏遥远的地方。
长途上的英雄队伍呵，
光荣是属于你们的！
讥笑和责备要促我起立，
但我却没有反应。
我甘心没落在乐于接受的耻辱的深处——
在模糊的快乐阴影之中。

阳光织成的绿荫的幽静，
慢慢在笼罩着我的心。
我忘记了旅行的目的，
我无抵抗地把我的心灵
交给阴影与歌曲的迷宫。

最后，
我从沉睡中睁开眼，
我看见你站在我身旁，
我的睡眠沐浴在你的微笑之中。
我从前是如何地惧怕，
怕这道路的遥远困难，
到你面前的努力是多么艰苦呵！

49

你从宝座上下来，
站在我草舍门前。

我正在屋角独唱，
歌声被你听到了。
你下来站在我草舍门前。

在你的广厅里有许多名家，
一天到晚都有歌曲在唱。
但是这初学的简单的音乐，
却得到了你的赏识。

一支忧郁的小调，
和世界的伟大音乐融合了，
你还带了花朵作为奖赏，
下了宝座停留在我的草舍门前。

50

我在村路上沿门求乞的时候，

你的金辇像一个华丽的梦从远处出现，

我在猜想这位万王之王是谁！

我的希望高升，

我觉得我苦难的日子将要告终，

我站着等候你自动的施与，

等待那散掷在尘埃里的财宝。

车辇在我站立的地方停住了。

你看到我，

微笑着下车。

我觉得我的运气到底来了。

忽然你伸出右手来说，

“你有什么给我呢？”

呵，这开的是什么样的帝王的玩笑，

向一个乞丐伸手求乞！

我糊涂了，
犹疑地站着，
然后从我的口袋里
慢慢地拿出一粒最小的玉米献上给你。

但是我一惊不小，
当我在晚上把口袋倒在地上的时候，
在我乞讨来的粗劣东西之中，
我发现了一粒金子。
我痛哭了，
恨我没有慷慨地将我所有都献给你。

51

夜深了。

我们一天的工作都已做完。

我们以为投宿的客人都已来到，

村里家家都已闭户了。

只有几个人说，

国王是要来的。

我们笑了说，“不会的，这是不可能的事！”

仿佛门上有敲叩的声音。

我们说那不过是风。

我们熄灯就寝。

只有几个人说，“这是使者！”

我们笑了说，“不是，这一定是风！”

在死沉沉的夜里传来一个声音。

朦胧中我们以为是远远的雷响。

墙摇地动，

我们在睡眠里受了惊扰。

只有几个人说，“这是车轮的声音。”
我们昏困地嘟哝着说，“不是，这一定是雷响！”

鼓声响起的时候天还没亮。
有声音喊着说，“醒来罢！别耽误了！”
我们拿手按住心口，吓得发抖。
只有几个人说，“看哪，这是国王的旗子！”
我们爬起来站着叫，“没有时间再耽误了！”

国王已经来了——
但是灯火在哪里呢，
花环在哪里呢？
给他预备的宝座在哪里呢？
呵，丢脸，
呵，太丢脸了！
客厅在哪里，陈设又在哪里呢？
有几个人说了，
“叫也无用了！

用空手来迎接他罢，
带他到你的空房里去罢！”

开起门来，吹起法螺罢！
在深夜中国王降临到我黑暗凄凉的房子里了。
空中雷声怒吼。
黑暗和闪电一同颤抖。
拿出你的破席铺在院子里罢。
我们的国王在可怖之夜与暴风雨一同突然来到了。

52

我想我应当向你请求——
可是我又不敢——
你那挂在颈上的玫瑰花环。
这样我等到早上，
想在你离开的时候，
从你床上找到些碎片。
我像乞丐一样破晓就来寻找，
只为着一两片散落的花瓣。

呵，我呵，我找到了什么呢？
你留下了什么爱的表记呢？
那不是花朵，不是香料，也不是一瓶香水。
那是你的一把巨剑，火焰般放光，雷霆般沉重。
清晨的微光从窗外射到床上。
晨鸟嘁嘁喳喳着问，
“女人，你得到了什么呢？”
不，这不是花朵，不是香料，
也不是一瓶香水——这是你的可畏的宝剑。

我坐着猜想，
你这是什么礼物呢。
我没有地方去藏放它。
我不好意思佩带它，
我是这样的柔弱，
当我抱它在怀里的时候，
它就把我压痛了。
但是我要把这光宠铭记在心，
你的礼物，这痛苦的负担。

从今起在这世界上我将没有畏惧，
在我的一切奋斗中你将得到胜利。
你留下死亡和我做伴，
我将以我的生命给他加冕。
我带着你的宝剑来斩断我的羁勒，
在世界上我将没有畏惧。

从今起我要抛弃一切琐碎的装饰。
我心灵的主，
我不再在一隅等待哭泣，
也不再畏怯娇羞。
你已把你的宝剑给我佩带。
我不再要玩偶的装饰品了！

53

你的手镯真是美丽，

镶着星辰，

精巧地嵌着五光十色的珠宝。

但是依我看来你的宝剑是更美的，

那弯弯的闪光像毗湿奴的神鸟展开的翅翼，

完美地平悬在落日怒发的红光里。

它颤抖着像生命受死亡的最后一击时，

在痛苦的昏迷中的最后反应；

它炫耀着像将烬的世情的纯焰，

最后猛烈的一闪。

你的手镯真是美丽，

镶着星辰般的珠宝；

但是你的宝剑，

呵，雷霆的主，

是铸得绝顶美丽，

看到想到都是可畏的。

54

我不向你求什么；
我不向你耳中陈述我的名字。
当你离开的时候我静默地站着。
我独立在树影横斜的井旁，
女人们已顶着褐色的瓦罐盛满了水回家了。
她们叫我说，
“和我们一块来罢，都快到了中午了。”
但我仍在慵倦地留连，
沉入恍惚的默想之中。

你走来时我没有听到你的足音。
你含愁的眼望着我，
你低语的时候声音是倦乏的——
“呵，我是一个干渴的旅客。”
我从幻梦中惊起
把我罐里的水倒在你掬着的手掌里。
树叶在头上萧萧地响着；
杜鹃在幽暗处歌唱，
曲径里传来胶树的花香。

当你问到我的名字的时候，
我羞得悄立无言。
真的，
我替你作了什么，
值得你的忆念？
但是我幸能给你饮水止渴的这段回忆，
将温馨地贴抱在我的心上。
天已不早，
鸟儿唱着倦歌，
楝树叶子在头上沙沙作响，
我坐着反复地想了又想。

55

乏倦压在你的心上，

你眼中尚有睡意。

你没有得到消息说荆棘丛中花朵正在盛开吗？

醒来罢，

呵，醒来！

不要让光阴虚度了！

在石径的尽头，

在幽静无人的田野里，

我的朋友在独坐着。

不要欺骗他罢。

醒来，

呵，醒来罢！

即使正午的骄阳使天空喘息摇颤——

即使灼热的沙地展布开它干渴的巾衣——

在你心的深处难道没有快乐吗?
你的每一个足音,
不会使道路的琴弦迸出痛苦的柔音吗?

56

只因你的快乐是这样的充满了我的心。
只因你曾这样的俯就我。
呵，你这诸天之王，
假如没有我，
你还爱谁呢？

你使我做了你这一切财富的共享者。
在我心里你的欢乐不住地遨游。
在我生命中你的意志永远实现。

因此，
你这万王之王曾把自己修饰了来赢取我的心。
因此你的爱也消融在你情人的爱里，
在那里，
你又以我俩完全合一的形象显现。

57

光明，

我的光明，

充满世界的光明，

吻着眼目的光明，

甜沁心腑的光明！

呵，我的宝贝，

光明在我生命的一角跳舞；

我的宝贝，

光明在勾拨我爱的心弦；

天开了，

大风狂奔，

笑声响彻大地。

蝴蝶在光明海上展开翅帆。

百合与茉莉在光波的浪花上翻涌。

我的宝贝，
光明在每朵云彩上散映成金，
它洒下无量的珠宝。

我的宝贝，
快乐在树叶间伸展，
欢喜无边。
天河的堤岸淹没了，
欢乐的洪水在四散奔流。

58

让一切欢乐的歌调都融合在我最后的歌中——
那使大地草海欢呼摇动的快乐，
那使生和死两个孪生弟兄，
在广大的世界上跳舞的快乐，
那和暴风雨一同卷来，
用笑声震撼惊醒一切的生命的快乐，
那含泪默坐在盛开的痛苦的红莲上的快乐，
那不知所谓，
把一切所有抛掷于尘埃中的快乐。

59

是的，

我知道，

这只是你的爱，

呵，我心爱的人——

这在树叶上跳舞的金光，

这些驶过天空的闲云，

这使我头额清爽的吹过的凉风。

清晨的光辉涌进我的眼睛——

这是你传给我心的消息。

你的脸容下俯，

你的眼睛下望着我的眼睛，

我的心接触到了你的双足。

60

孩子们在无边的世界的海滨聚会。
头上是静止的无垠的天空，
不宁的海波奔腾喧闹。
在无边的世界的海滨，
孩子们欢呼跳跃地聚会着。

他们用沙子盖起房屋，
用空贝壳来游戏。
他们把枯叶编成小船，
微笑着把它们漂浮在深远的海上。
孩子在世界的海滨做着游戏。

他们不会凫水，
他们也不会撒网。
采珠的人潜水寻珠，
商人们奔波航行，
孩子们收集了石子却又把它们丢弃了。
他们不搜求宝藏，
他们也不会撒网。

大海涌起了喧笑，
海岸闪烁着苍白的微笑。
致人死命的波涛，
像一个母亲在摇着婴儿的摇篮一样，
对孩子们唱着无意义的谣歌。
大海在同孩子们游戏，
海岸闪烁着苍白的微笑。

孩子们在无边的世界的海滨聚会。
风暴在无路的天空中飘游，
船舶在无轨的海上破碎，
死亡在猖狂，
孩子们却在游戏。
在无边的世界的海滨，
孩子们盛大地聚会着。

61

这掠过婴儿眼上的睡眠——
有谁知道它是从哪里来的吗？
是的，
有谣传说它住在林荫中，
萤火朦胧照着的仙村里，
那里挂着两颗甜柔迷人的花蕊。
它从那里来吻着婴儿的眼睛。

在婴儿睡梦中唇上闪现的微笑——
有谁知道它是从哪里生出来的吗？
是的，有谣传说一线新月的微光，
触到了消散的秋云的边缘，
微笑就在被朝雾洗净的晨梦中，
第一次生出来了——
这就是那婴儿睡梦中唇上闪现的微笑。

在婴儿的四肢上，

花朵般喷发的甜柔清新的生气，

有谁知道它是在哪里藏了这么许久吗？

是的，

当母亲还是一个少女，

它就在温柔安静的爱的神秘中，

充塞在她的心里了——

这就是那婴儿四肢上喷发的甜柔新鲜的生气。

62

当我送你彩色玩具的时候，
我的孩子，
我了解为什么云中水上会幻弄出这许多颜色，
为什么花朵都用颜色染起——
当我送你彩色玩具的时候，
我的孩子。

当我唱歌使你跳舞的时候，
我彻底地知道为什么树叶上响出音乐，
为什么波浪把它们的合唱送进静听的大地的心头——
当我唱歌使你跳舞的时候。

当我把糖果递到你贪婪的手中的时候，
我懂得为什么花心里有蜜，
为什么水果里隐藏着甜汁——
当我把糖果递到你贪婪的手中的时候。

当我吻你的脸使你微笑的时候，

我的宝贝，

我的确了解晨光从天空流下时，

是怎样地高兴，

暑天的凉风吹到我身上时是怎样的愉快——

当我吻你的脸使你微笑的时候。

63

你使不相识的朋友认识了我。
你在别人家里给我准备了座位。
你缩短了距离，
你把生人变成弟兄。

在我必须离开故居的时候，
我心里不安；
我忘了是旧人迁入新居，
而且你也住在那里。

通过生和死，
今生或来世，
无论你带领我到哪里，
都是你，仍是你，
我的无穷生命中的唯一伴侣，
永远用欢乐的系链，
把我的心和陌生的人联系在一起。

人一认识了你，
世上就没有陌生的人，
也没有了紧闭的门户。
呵，请允许我的祈求，
使我在与众生游戏之中，
永不失去和你单独接触的福祉。

64

在荒凉的河岸上，

深草丛中，

我问她，

“姑娘，你用披纱遮着灯，要到哪里去呢？

我的房子黑暗寂寞，——把你的灯借给我罢。”

她抬起乌黑的眼睛，

从暮色中看了我一会。

“我到河边来，”

她说，

“要在太阳西下的时候，把我的灯漂浮到水上去。”

我独立在深草中看着她的灯的微弱的火光，

无用地在潮水上漂流。

在薄暮的寂静中，

我问她，

“你的灯火都已点上了——那么你拿着这灯到哪里去呢？

我的房子黑暗寂寞，——把你的灯借给我罢。”

她抬起乌黑的眼睛望着我的脸，

站着沉吟了一会。

最后她说，

“我来是要把我的灯献给上天。”

我站着看她的灯光在天空中无用地燃点着。

在无月的夜半朦胧之中，

我问她，

“姑娘，你做什么把灯抱在心前呢？

我的房子黑暗寂寞，——把你的灯借给我罢。”

她站住沉思了一会，

在黑暗中注视着我的脸。

她说，

“我是带着我的灯，来参加灯节的。”

我站着看着她的灯，无用地消失在众光之中。

65

我的上帝，
从我满溢的生命之杯中，
你要饮什么样的圣酒呢？

通过我的眼睛，
来观看你自己的创造物，
站在我的耳门上，
来静听你自己的永恒的谐音，
我的诗人，这是你的快乐吗？

你的世界在我的心灵里织上字句，
你的快乐又给它们加上音乐。
你把自己在梦中交给了我，
又通过我来感觉你自己的完满的甜柔。

66

那在神光离合之中，

潜藏在我生命深处的她；

那在晨光中永远不肯揭开面纱的她，

我的上帝，

我要用最后的一首歌把她包裹起来，

作为我给你的最后的献礼。

无数求爱的话，

都已说过，

但还没有赢得她的心；

劝诱向她伸出渴望的臂，

也是枉然。

我把她深藏在心里，

到处漫游，

我生命的荣枯围绕着她起落。

她统治着我的思想、行动和睡梦，
她却自己独居索处。

许多的人叩我的门来访问她，
都失望地回去。

在这世界上从没有人和她面对过，
她在孤守着静待你的赏识。

67

你是天空，

你也是窝巢。

呵，美丽的你，

在窝巢里就是你的爱，

用颜色、声音和香气来围拥住灵魂。

在那里，

清晨来了，

右手提着金筐，

带着美的花环，

静静地替大地加冕。

在那里，

黄昏来了，

越过无人畜牧的荒林，

穿过车马绝迹的小径，

在她的金瓶里带着安靖的西方海上和平的凉飙。

但是在那里，

纯白的光辉，

统治着伸展着的为灵魂翱翔的无际的天空。

在那里无昼无夜，

无形无色，

而且永远，

永远无有言说。

68

你的阳光射到我的地上，
整天地伸臂站在我门前，
把我的眼泪、叹息和歌曲变成的云彩，
带回放在你的足边。

你喜爱地将这云带缠围在你的星胸之上，
绕成无数的形式和褶纹，
还染上变幻无穷的色彩。

它是那样的轻柔，
那样的飘扬、温软、含泪而黯淡，
因此你就爱惜它，
呵，你这庄严无瑕者。
这就是为什么它能够以它可怜的阴影遮掩你的可畏的白光。

69

就是这股生命的泉水，
日夜流穿我的血管，
也流穿过世界，
又应节地跳舞。

就是这同一的生命，
从大地的尘土里快乐地伸放出无数片的芳草，
迸发出繁花密叶的波纹。

就是这同一的生命，
在潮汐里摇动着生和死的大海的摇篮。

我觉得我的四肢因受着生命世界的爱抚而光荣。
我的骄傲，
是因为时代的脉搏，
此刻在我血液中跳动。

70

这欢欣的音律不能使你欢欣吗?
不能使你回旋激荡,
消失碎裂在这可怖的快乐旋转之中吗?

万物急遽地前奔,
它们不停留也不回顾,
任何力量都不能挽住它们,
它们急遽地前奔。

季候应和着这急速不宁的音乐,
跳舞着来了又去——
颜色、声音、香味在这充溢的快乐里,
汇注成奔流无尽的瀑泉,
时时刻刻地在散溅、退落而死亡。

71

我应当自己发扬光大，
四周放射，
投映彩影于你的光辉之中——
这便是你的幻境。

你在你自身里立起隔栏，
用无数不同的音调来呼唤你的分身。
你这分身已在我体内形成。

高亢的歌声响彻诸天，
在多彩的眼泪与微笑，
震惊与希望中回应着；
波起复落，梦破又圆。
在我里面是你自身的破灭。

你卷起的那重帘幕，
是用昼和夜的画笔，

绘出了无数的花样。
幕后的你的座位，
是用奇妙神秘的曲线织成。
抛弃了一切无聊的笔直的线条。

你我组成的伟丽的行列，
布满了天空。
因着你我的歌声，
太空都在震颤，
一切时代都在你我捉迷藏中度过了。

72

就是他，
那最深奥的，
用他深隐的摩触使我清醒。

就是他把神符放在我的眼上，
又快乐地在我心弦上弹弄出种种哀乐的调子。

就是他用金、银、青、绿的灵幻的色丝，
织起幻境的披纱，
他的脚趾从衣褶中外露。
在他的摩触之下，
我忘却了自己。

日来年往，
就是他永远以种种名字，
种种姿态，
种种的深悲和极乐，
来打动我的心。

73

在断念屏欲之中，
我不需要拯救。
在万千欢愉的约束里我感到了自由的拥抱。

你不断地在我的瓦罐里满满地斟上不同颜色不同芬芳的新酒。

我的世界，
将以你的火焰点上他的万盏不同的明灯，
安放在你庙宇的坛前。

不，我永不会关上我感觉的门户。
视、听、触的快乐会含带着你的快乐。

是的，我的一切幻想会燃烧成快乐的光明，
我的一切愿望将结成爱的果实。

74

白日已过，
暗影笼罩大地。
是我到河边汲水的时候了。

晚空凭着水的凄音流露着切望。
呵，它呼唤我出到暮色中来。
荒径上断绝人行，风起了，波浪在河里翻腾。

我不知道是否应该回家去。
我不知道我会遇见什么人。
浅滩的小舟上有个不相识的人正弹着琵琶。

75

你赐给我们世人的礼物，
满足了我们一切的需要，
可是它们又毫未减少地返回到你那里。

河水有它每天的工作，
匆忙地穿过田野和村庄；
但它的不绝的水流，
又曲折地回来洗你的双脚。

花朵以芬芳熏香了空气；
但它最终的任务，
是把自己献上给你。

对你供献不会使世界困穷。

人们从诗人的字句里，
选取自己心爱的意义；
但是诗句的最终意义是指向着你。

76

过了一天又是一天，
呵，我生命的主，
我能够和你对面站立吗？
呵，全世界的主，
我能合掌和你对面站立吗？

在广阔的天空下，
严静之中，
我能够带着虔恭的心，
和你对面站立吗？

在你的劳碌的世界里，
喧腾着劳作和奋斗，
在营营扰扰的人群中，
我能和你对面站立吗？

当我已做完了今生的工作，
呵，万王之王，我能够独自悄立在你的面前吗？

77

我知道你是我的上帝，
却远立在一边——
我不知道你是属于我的，
就走近你。
我知道你是我的父亲，
就在你脚前俯伏——
我没有像和朋友握手那样地紧握你的手。

我没有在你降临的地方，
站立等候，
把你抱在胸前，
当你做同志，
把你占有。

你是我弟兄的弟兄，
但是我不理他们，
不把我赚得的和他们平分，
我以为这样做，
才能和你分享我的一切。

在快乐和苦痛里，
我都没有站在人类的一边，
我以为这样做，
才能和你站在一起。

我畏缩着不肯舍生，
因此我没有跳入生命的伟大的海洋里。

78

当鸿濛初辟，
繁星第一次射出灿烂的光辉，
众神在天上集会，
唱着“呵，完美的画图，完全的快乐！”

有一位神忽然叫起来了——
“光链里仿佛断了一环，一颗星星走失了。”

他们金琴的弦子猛然折断了，
他们的歌声停止了，
他们惊惶地叫着——
“对了，那颗走失的星星是最美的，她是诸天的光荣！”

从那天起，
他们不住地寻找她，
众口相传地说，
因为她丢了，
世界失去了一种快乐。

只在严静的夜里，

众星微笑着互相低语说——

“寻找是无用的，无缺的完美正笼盖着一切！”

79

假如我今生无缘遇到你，
就让我永远感到恨不相逢——
让我念念不忘，
让我在醒时梦中都怀带着这悲哀的苦痛。

当我的日子在世界的闹市中度过，
我的双手满捧着每日的赢利的时候，
让我永远觉得我是一无所获——
让我念念不忘，
让我在醒时梦中都怀带着这悲哀的苦痛。

当我坐在路边，
疲乏喘息，
当我在尘土中铺设卧具，
让我永远记着前面还有悠悠的长路——
让我念念不忘，
让我在醒时梦中都怀带着悲哀的苦痛。

当我的屋子装饰好了，

箫笛吹起，

欢笑声喧的时候，

让我永远觉得我还没有请你光临——

让我念念不忘，

让我在醒时梦中都怀带着这悲哀的苦痛。

80

我像一片秋天的残云，
无主地在空中飘荡，
呵，我的永远光耀的太阳！
你的摩触还没有蒸化了我的水汽，
使我与你的光明合一，
因此我计算着和你分离的悠长的年月。

假如这是你的愿望，
假如这是你的游戏，
就请把我这流逝的空虚染上颜色，
镀上金辉，
让它在狂风中飘浮，
舒卷成种种的奇观。

而且假如你愿意在夜晚结束了这场游戏，
我就在黑暗中，
或在灿白晨光的微笑中，
在净化的清凉中，
溶化消失。

81

在许多闲散的日子，
我悼惜着虚度了的光阴。
但是光阴并没有虚度，
我的主。
你掌握了我生命里寸寸的光阴。

你潜藏在万物的心里，
培育着种子发芽，
蓓蕾绽红，
花落结实。

我困乏了，
在闲榻上睡眠，
想象一切工作都已停歇。
早晨醒来，
我发现我的园里，
却开遍了异蕊奇花。

82

你手里的光阴是无限的，
我的主。
你的分秒是无法计算的。

夜去明来，
时代像花开花落。
你晓得怎样来等待。

你的世纪，
一个接着一个，
来完成一朵小小的野花。

我们的光阴不能浪费，
因为没有时间，
我们必须争取机缘。
我们太穷苦了，
决不可迟到。

因此，

在我把时间让给每一个性急的，

向我索要时间的人，

我的时间就虚度了，

最后你的神坛上就没有一点祭品。

一天过去，

我赶忙前来，

怕你的门已经关闭；

但是我发现时间还有充裕。

83

圣母呵，
我要把我悲哀的眼泪穿成珠链，
挂在你的颈上。

星星把光明做成足镯，
来装扮你的双足，
但是我的珠链要挂在你的胸前。

名利自你而来，
也全凭你的予取。
但这悲哀却完全是我自己的，
当我把它当作祭品献给你的时候，
你就以你的恩慈来酬谢我。

84

离愁弥漫世界，
在无际的天空中生出无数的情景。

就是这离愁整夜的悄望星辰，
在七月阴雨之中，
萧萧的树籁变成抒情的诗歌。

就是这笼压弥漫的痛苦，
加深而成为爱、欲，
而成为人间的苦乐；
就是它永远通过诗人的心灵，
融化流涌而成为诗歌。

85

当战士们从他们主公的明堂里刚走出来，
他们的武力藏在哪里呢？
他们的甲胄和干戈藏在哪里呢？

他们显得无助、可怜，
当他们从他们主公的明堂走出的那一天，
如雨的箭矢向着他们飞射。

当战士们整队走回他们主公的明堂里的时候，
他们的武力藏在哪里呢？

他们放下了刀剑和弓矢；
和平在他们的额上放光，
当他们整队走回他们主公的明堂的那一天，
他们把他们生命的果实留在后面了。

86

死亡，你的仆人，
来到我的门前。
他渡过不可知的海洋临到我家，
来传达你的召令。

夜色沉黑，
我心中畏惧——但是我要端起灯来，
开起门来，鞠躬欢迎他。
因为站在我门前的是你的使者。

我要含泪地合掌礼拜他。
我要把我心中的财产，
放在他脚前，来礼拜他。

他的使命完成了就要回去，
在我的晨光中留下了阴影；
在我萧条的家里，
只剩下孤独的我，
作为最后献你的祭品。

87

在无望的希望中，

我在房里的每一个角落找她；

我找不到她。

我的房子很小，

一旦丢了东西就永远找不回来。

但是你的房子是无边无际的，

我的主，

为着找她，

我来到了你的门前。

我站在你薄暮金色的天穹下，

向你抬起渴望的眼。

我来到了永恒的边涯，
在这里万物不灭——
无论是希望，
是幸福，
或是从泪眼中望见的人面。

呵，把我空虚的生命浸到这海洋里罢，
跳进这最深的完满里罢。
让我在宇宙的完整里，
感觉一次那失去的温馨的接触罢。

88

破庙里的神呵！
七弦琴的断线不再弹唱赞美你的诗歌。
晚钟也不再宣告礼拜你的时间。
你周围的空气是寂静的。

流荡的春风来到你荒凉的居所。
它带来了香花的消息——
就是那素来供养你的香花，
现在却无人来呈献了。

你的礼拜者，
那些漂泊的旅人，
永远在企望那还未得到的恩典。
黄昏来到，
灯光明灭于尘影之中，
他困乏地带着饥饿的心回到这破庙里来。

许多佳节都在静默中来到，
破庙的神呵。
许多礼拜之夜，
也在无火无灯中度过了。

精巧的艺术家，
造了许多新的神像，
当他们的末日来到了，
便被抛入遗忘的圣河里。

只有破庙的神遗留在无人礼拜的、
不死的冷淡之中。

89

我不再高谈阔论了——
这是我主的意旨。
从那时起我轻声细语。
我心里的话要用歌曲低唱出来。

人们急急忙忙地到国王的市场上去，
买卖的人都在那里。
但在工作正忙的正午，
我就早早地离开。

那就让花朵在我的园中开放，
虽然花时未到；
让蜜蜂在中午奏起他们慵懒的嗡哼。

我曾把充分的时间，
用在理欲交战里，
但如今是我暇日游侣的雅兴，
把我的心拉到他那里去；
我也不知道这忽然的召唤，
会引到什么突出的奇景。

90

当死神来叩你门的时候，
你将以什么贡献他呢？

呵，我要在我客人面前，
摆上我的满斟的生命之杯——
我决不让它空手回去。

我一切的秋日和夏夜的丰美的收获，
我匆促的生命中的一切获得和收藏，
在我临终，
死神来叩我的门的时候，
我都要摆在他的面前。

91

呵，你这生命最后的完成，
死亡，我的死亡，
来对我低语罢！

我天天地在守望着你；
为你，我忍受着生命中的苦乐。

我的一切存在，
一切所有，一切希望，和一切的爱，
总在深深的秘密中向你奔流。
你的眼泪向我最后一盼，
我的生命就永远是你的。

花环已为新郎编好。
婚礼行过，
新娘就要离家，
在静夜里和她的主人独对了。

92

我知道这日子将要来到，
当我眼中的人世渐渐消失，
生命默默地向我道别，
把最后的帘幕拉过我的眼前。

但是星辰将在夜中守望，
晨曦仍旧升起，
时间像海波的汹涌，
激荡着欢乐与哀伤。

当我想到我的时间的终点，
时间的隔栏便破裂了，
在死的光明中，
我看见了你的世界和这世界里弃置的珍宝。
最低的座位是极其珍奇的，
最小的生物也是世间少有的。

我追求而未得到和我已经得到的东西——

让它们过去罢。

只让我真正地据有了那些我所轻视和忽略的东西。

93

我已经请了假。
弟兄们，祝我一路平安罢！
我向你们大家鞠了躬就启程了。

我把我门上的钥匙交还——
我把房子的所有权都放弃了。
我只请求你们最后的几句好话。

我们做过很久的邻居，
但是我接受的多，
给与的少。
现在天已破晓，
我黑暗屋角的灯光已灭。
召命已来，
我就准备启行了。

94

在我动身的时光，
祝我一路福星罢，
我的朋友们！
天空里晨光辉煌，
我的前途是美丽的。

不要问我带些什么到那边去。
我只带着空空的手和企望的心。

我要戴上我婚礼的花冠。
我穿的不是红褐色的行装，
虽然间关险阻，
我心里也没有惧怕。

旅途尽处，
晚星将生，
从王宫的门口将弹出黄昏的凄乐。

95

当我刚跨过此生的门槛的时候，
我并没有发觉。

是什么力量使我在这无边的神秘中开放，
像一朵嫩蕊，
中夜在森林里开花！

早起我看到光明，
我立时觉得在这世界里我不是一个生人，
那不可思议、不可名状的，
已以我自己母亲的形象，
把我抱在怀里。

就是这样，
在死亡里，
这同一的不可知者又要以我熟识的面目出现。
因为我爱今生，
我知道我也会一样在爱死亡。

当母亲从婴儿口中拿开右乳的时候，
他就啼哭，
但他立刻又从左乳得到了安慰。

96

当我走的时候，
让这个作我的别话罢，
就是说我所看过的是卓绝无比的。

我曾尝过在光明海上开放的莲花里的隐蜜，
因此我受了祝福——
让这个作我的别话罢。

在这形象万千的游戏室里，
我已经游玩过，
在这里我已经瞥见了那无形象的他。

我浑身上下因着那无从接触的他的摩抚而喜颤；
假如死亡在这里来临，
就让它来好了——
让这个作我的别话罢。

97

当我是同你做游戏的时候，
我从来没有问过你是谁。
我不懂得羞怯和惧怕，
我的生活是热闹的。

清晨你就来把我唤醒，
像我自己的伙伴一样，
带着我跑过林野。

那些日子，
我从来不想去了解你对我唱的歌曲的意义。
我只随声附和，
我的心应节跳舞。

现在，游戏的时光已过，
这突然来到我眼前的情景是什么呢？
世界低下眼来看着你的双脚，
和它的肃静的众星一同敬畏地站着。

98

我要以胜利品，
我的失败的花环，
来装饰你。
逃避不受征服，
是我永远做不到的。

我准知道我的骄傲会碰壁，
我的生命将因着极端的痛苦而炸裂，
我的空虚的心将像一支空苇呜咽出哀音，
顽石也融成眼泪。

我准知道莲花的百瓣不会永远闭合，
深藏的花蜜定将显露。

从碧空将有一只眼睛向我凝视，
在默默地召唤我。
我将空无所有，绝对的空无所有，
我将从你脚下领受绝对的死亡。

99

当我放下舵盘，

我知道你来接收的时候到了。

当做的事立刻要做了。

挣扎是无用的。

那就把手拿开，静默地承认失败罢，

我的心呵，要想到能在你的岗位上默坐，

还算是幸运的。

我的几盏灯都被一阵阵的微风吹灭了，

为想把它们重新点起，

我屡屡地把其他的事情都忘却了。

这次我要聪明一点，

把我的席子铺在地上，在暗中等候；

什么时候你高兴，

我的主，

悄悄地走来坐下罢。

100

我跳进形象海洋的深处，
希望能得到那无形象的完美的珍珠。

我不再以我的旧船去走遍海港，
我乐于弄潮的日子早已过去了。

现在我渴望死于不死之中。

我要拿起我的生命的弦琴，
进入无底深渊旁边，
那座涌出无调的乐音的广厅。

我要调拨我的琴弦，
和永恒的乐音合拍，
当它呜咽出最后的声音时，
就把我静默的琴儿放在静默的脚边。

101

我这一生永远以诗歌来寻求你。
它们领我从这门走到那门，
我和它们一同摸索，
寻求着，
接触着我的世界。

我所学过的功课，
都是诗歌教给我的；
它们把捷径指示给我，
它们把我心里地平线上的许多星辰，
带到我的眼前。

它们整天地带领我走向苦痛和快乐的神秘之国，
最后，
在我旅程终点的黄昏，
它们要把我带到了哪一座宫殿的门首呢？

102

我在人前夸说我认得你。
在我的作品中，
他们看到了你的画像。
他们走来问我，“他是谁？”
我不知道怎么回答。
我说，“真的，我说不出来。”
他们斥责我，轻蔑地走开了。
你却坐在那里微笑。

我把你的事迹编成不朽的诗歌。
秘密从我心中涌出。
他们走来问我，“把所有的意思都告诉我们罢。”
我不知道怎样回答。
我说，“呵，谁知道那是什么意思！”
他们哂笑了，鄙夷之极地走开。
你却坐在那里微笑。

103

在我向你合十膜拜之中，
我的上帝，让我一切的感知都舒展在你的脚下，
接触这个世界。

像七月的湿云，
带着未落的雨点沉沉下垂，
在我向你合十膜拜之中，
让我的全副心灵在你的门前俯伏。

让我所有的诗歌，
聚集起不同的调子，
在我向你合十膜拜之中，
成为一股洪流，倾注入静寂的大海。

像一群思乡的鹤鸟，
日夜飞向他们的山巢，
在我向你合十膜拜之中，
让我全部的生命，启程回到它永久的家乡。

园丁集

（1913）

1

仆　人：　请对你的仆人开恩吧，
　　　　　我的女王！

女　王：　集会已经开过，
　　　　　我的仆人们都走了。
　　　　　你为什么来得这么晚呢？

仆　人：　你同别人谈过以后，
　　　　　就是我的时间了。
　　　　　我来问有什么剩余的工作，
　　　　　好让你的最末一个仆人去做。

女　王：　在这么晚的时间你还想做什么呢？

仆　人：　让我做你花园里的园丁吧。

女　王：　这是什么傻想头呢？

仆　人：　我要搁下别的工作。

我把我的剑矛扔在尘土里。
不要差遣我去遥远的宫廷；
不要命令我做新的征讨。
只求你让我做花园里的园丁。

女　王：　你的职责是什么呢？

仆　人：　为你闲散的日子服务。
我要保持你清晨散步的草径清爽新鲜，
你每一移步将有甘于就死的繁花
以赞颂来欢迎你的双足。
我将在七叶树的枝间推送你的秋千；
向晚的月亮将挣扎着从叶隙里吻你的衣裙。
我将在你床边的灯盏里添满了香油，
我将用檀香和番红花膏
在你脚垫上涂画上美妙的花样。

女　王：　你要什么酬报呢？

仆　人：　只要你允许我像握着嫩柔的菡萏
　　　　　一般地握住你的小拳，
　　　　　把花串套上你的纤腕；
　　　　　允许我用无忧花的红汁来染你的脚底，
　　　　　以亲吻来拂去那偶然留在那里的尘埃。

女　王：　你的祈求被接受了，
　　　　　我的仆人，
　　　　　你将是我花园里的园丁。

2

“呵，诗人，夜晚渐临；
你的头发已经变白。

“在你孤寂的沉思中听到了来生的消息么？”

“是夜晚了，”
诗人说，
“夜虽已晚，我还在静听，
因为也许有人会从村中呼唤。

“我看守着，
是否有年轻的飘游的心聚在一起，
两对渴望的眼睛切盼有音乐来打破他们的沉默
并替他们说话。

“如果我坐在生命的岸边默想着死亡和来世，
又有谁来编写他们的热情的诗歌呢？

“早现的晚星消隐了。

“火葬灰中的红光在沉静的河边慢慢地熄灭下去。

“残月的微光下，
胡狼从空宅的庭院里齐声嗥叫。

“假如有游子们，离了家，到这里来守夜，
低头静听黑暗的微语，
有谁把生命的秘密向他耳边低诉呢，
如果我，关起门户，企图摆脱世俗的牵缠？

“我的头发变白是一件小事。

“我是永远和这村里最年轻的人一样的年轻，
最年老的人一样的年老。

“有的人发出甜柔单纯的微笑，
有的人眼里含着狡猾的闪光。

“有的人在白天流涌着眼泪，
有的人的眼泪却隐藏在幽暗里。

“他们都需要我，
我没有时间去冥想来生。

“我和每一个人都是同年的，
我的头发变白了又该怎样呢？”

3

早晨我把网撒在海里。

我从沉黑的深渊拉出奇形奇美的东西——
有些微笑般地发亮，
有些眼泪般地闪光，
有的晕红得像新娘的双颊。

当我携带着这一天的担负回到家里的时候，
我爱正坐在园里悠闲地扯着花叶。

我沉吟了一会，
就把我捞得的一切放在她的脚前，
沉默地站着。

她瞥了一眼说，
“这是些什么怪东西？
我不知道这些东西有什么用处！”

我羞愧得低了头，
心想，
“我并没有为这些东西去奋斗，
也不是从市场里买来的；
这些不是配送给她的礼物。”

整夜的工夫我把这些东西一件一件地丢到街上。

早晨行路的人来了；
他们把这些拾起带到远方去了。

4

我真烦，

为什么他们把我的房子盖在通向市镇的路边呢？

他们把满载的船只拴在我的树上。

他们任意地来去游逛。

我坐着看着他们，光阴都消磨了。

我不能回绝他们。这样我的日子便过去了。

日日夜夜他们的足音在我门前震荡。

我徒然地叫，“我不认得你们。”

有些人是我的手指所认识的，

有些人是我的鼻官所认识的，

我脉管中的血液似乎认得他们，

有些人是我的魂梦所认识的。

我不能回绝他们。

我呼唤他们说，

“谁愿意到我房子里来的就请来吧，对了，来吧。”

清晨庙里的钟声敲起。

他们提着筐子来了。
他们的脚像玫瑰般红。
熹微的晨光照在他们的脸上。
我不能回绝他们。
我呼唤他们说，
“到我园里来采花吧。到这里来吧。”

中午锣声在庙殿门前敲起。
我不知道他们为什么放下工作在我篱畔流连。
他们发上的花朵已经褪色枯萎了；
他们横笛里的音调也显得乏倦。
我不能回绝他们。
我呼唤他们说，
“我的树荫下是凉爽的。来吧，朋友们。”

夜里蟋蟀在林中唧唧地叫。
是谁慢慢地来到我的门前轻轻地敲叩？
我模糊地看到他的脸，他一句话也没说，
四围是天空的静默。
我不能回绝我的沉默的客人。
我从黑暗中望着他的脸，梦幻的时间过去了。

5

我心绪不宁。我渴望着遥远的事物。
我的灵魂在极想中走出，要去摸触幽暗的远处的边缘。
呵，“伟大的来生”，呵，你笛声的高亢的呼唤！
我忘却了，我总是忘却了，我没有奋飞的翅翼，
我永远在这地点系住。

我切望而又清醒，我是一个异乡的异客。
你的气息向我低语出一个不可能的希望。
我的心懂得你的语言，就像它懂得自己的语言一样。
呵，“遥远的寻求”，呵，你笛声的高亢的呼唤！
我忘却了，我总是忘却了，我不认得路，我也没有生翼的马。

我心绪不宁。我是自己心中的流浪者。
在疲倦时光的日霭中，你广大的幻象在天空的蔚蓝中显现！
呵，“最远的尽头”，呵，你笛声的高亢的呼唤！
我忘却了，我总是忘却了，在我独居的房子里，
所有的门户都是紧闭的！

6

驯养的鸟在笼里，自由的鸟在林中。
时间到了，他们相会，这是命中注定的。
自由的鸟说，“呵，我爱，让我们飞到林中去吧。”
笼中的鸟低声说，“到这里来吧，让我俩都住在笼里。”
自由的鸟说，“在栅栏中间，哪有展翅的余地呢？”
“可怜呵，”笼中的鸟说，“在天空中我不晓得到哪里去栖息。”

自由的鸟叫唤说，“我的宝贝，唱起林野之歌吧。”
笼中的鸟说，“坐在我旁边吧，我要教你说学者的语言。”
自由的鸟叫唤说，“不，不！歌曲是不能传授的。”
笼中的鸟说，“可怜的我呵，我不会唱林野之歌。”

他们的爱情因渴望而更加热烈，但是他们永不能比翼双飞。
他们隔栏相望，而他们相知的愿望是虚空的。
他们在依恋中振翼，唱说，“靠近些吧，我爱！”
自由的鸟叫唤说，“这是做不到的，我怕这笼子的紧闭的门。”
笼里的鸟低声说，“我的翅翼是无力的，而且已经死去了。”

7

呵，母亲，年轻的王子要从我们门前走过，
——今天早晨我哪有心思干活呢？

教给我怎样挽发；告诉我应该穿哪件衣裳。
你为什么惊讶地望着我呢，母亲？

我深知他不会仰视我的窗户；
我知道一刹那间他就要走出我的视线以外；
只有那残曳的笛声将从远处向我呜咽。

但是那年轻的王子将从我们门前走过，
这时节我要穿上我最好的衣裳。

呵，母亲，年轻的王子已经从我们门前走过了，
从他的车辇里射出朝日的金光。

我从脸上掠开面纱，
我从颈上扯下红玉的颈环，
扔在他走来的路上。

你为什么惊讶地望着我呢，母亲？

我深知他没有拾起我的颈环；
我知道它在他的轮下碾碎了，
在尘土上留下了红斑，
没有人晓得我的礼物是什么样子，
也不知道是给谁的。

但是那年轻的王子曾经从我们门前走过，
我也曾经把我胸前的珍宝丢在他走来的路上了。

8

当我床前的灯熄灭了，我和晨鸟一同醒起。
我在散发上戴上新鲜的花串，坐在洞开的窗前。
那年轻的行人在玫瑰色的朝霭中从大路上来了。

珠链在他的颈上，阳光在他的冠上。
他停在我的门前，用切望的呼声问我，
“她在哪里呢？”

为着深羞我说不出，
“她就是我，年轻的行人，她就是我。”

黄昏来到，还未上灯。
我不宁地编着头发。
在落日的光辉中年轻的行人驾着车辇来了。
他的驾车的马，嘴里喷着白沫，他的衣袍上蒙着尘土。
他在我的门前下车，用疲乏的声音问，“她在哪里呢？”

为着深羞我说不出，
“她就是我，愁倦的行人，她就是我。”

一个四月的夜晚。我的屋里点着灯。
南风温柔地吹来。多言的鹦鹉在笼里睡着了。

我的衷衣和孔雀颈毛一样地华彩，
我的披纱和嫩草一样地碧青。

我坐在窗前地上看望着冷落的街道。

在沉黑的夜中我不住地低吟着，
“她就是我，失望的行人，她就是我。”

9

当我在夜中独赴幽会的时候，
鸟儿不叫，风儿不吹，
街道两旁的房屋沉默地站立着。

是我自己的脚镯越走越响使我羞怯。

当我坐在凉台上倾听他的足音，
树叶不摇，
河水静止像熟睡的哨兵膝上的刀剑。

是我自己的心在狂跳——我不知道怎样使它宁静。

当我爱来了坐在我身旁，
当我的身躯震颤，我的眼睫下垂，
夜更深了，风吹灯灭，
云片在繁星上曳过轻纱。

是我自己胸前的珍宝放出光明。
我不知道怎样把它遮起。

10

放下你的工作吧，我的新娘。听，客人来了。
你听见没有，
他在轻轻地摇动那拴门的链子？
小心不要让你的脚镯响出声音，
在迎接他的时候你的脚步不要太急。
放下你的工作吧，新娘，客人在晚上来了。

不，这不是一阵阴风，新娘，不要惊惶。
这是四月夜中的满月，
院里的影子是暗淡的，
头上的天空是明亮的。
把轻纱遮上脸，若是你觉得需要；
提着灯到门前去，若是你害怕。

不，这不是一阵阴风，新娘，不要惊惶。
若是你害羞就不必和他说话，
你迎接他的时候只须站在门边。

他若问你话，若是你愿意这样做，你就沉默地低眸。
不要让你的手镯作响，当你提着灯，带他进来的时候。
不必同他说话，如果你害羞。

你的工作还没有做完么，新娘？听，客人来了。
你还没有把牛棚里的灯点起来么？
你还没有把晚祷的供筐准备好么？
你还没有在发缝中涂上鲜红的吉祥点，
你还没有理过晚妆么？
呵，新娘，你没有听见，客人来了么？
放下你的工作吧！

11

你就这样地来吧；不要在梳妆上捱延了。
即使你的辫发松散，即使你的发缝没有分直，
即使你衷衣的丝带没有系好，都不要管它。
你就这样地来吧；不要在梳妆上捱延了。

来吧，用快步踏过草坪。
即使露水沾掉了你脚上的红粉，
即使你踝上的铃串褪松，
即使你链上的珠儿脱落，
都不要管它。
来吧，用快步踏过草坪吧。

你没看见云雾遮住天空么？
鹤群从远远的河岸飞起，狂风吹过常青的灌木。
惊牛奔向村里的栅棚。
你没看见云雾遮住天空么？

你徒然点上晚妆的灯火——它颤摇着在风中熄灭了。

谁能看出你眼睫上没有涂上乌烟?

因为你的眼睛比雨云还黑。

你徒然点上晚妆的灯火——它熄灭了。

你就这样地来吧;不要在梳妆上挿延了。

即使花环没有穿好,谁管它呢;

即使手镯没有扣上,让它去吧。

天空被阴云塞满了——时间已晚。

你就这样地来吧;不要在梳妆上挿延了。

12

若是你要忙着把水瓶灌满，
来吧，到我的湖上来吧。
湖水将回绕在你的脚边，
潺潺地说出它的秘密。
沙滩上有了欲来的雨云的阴影，
云雾低垂在丛树的绿线上，
像你眉上的浓发。
我深深地熟悉你脚步的韵律，
它在我心中敲击。

来吧，到我的湖上来吧，
如果你必须把水瓶灌满。
如果你想懒散闲坐，
让你的水瓶漂浮在水面，
来吧，到我的湖上来吧。
草坡碧绿，野花多得数不清。
你的思想将从你乌黑的眼眸中飞出，
像鸟儿飞出窝巢。

你的披纱将褪落到脚上。
来吧，如果你要闲坐，
到我的湖上来吧。

如果你想撇下嬉游跳进水里，
来吧，到我的湖上来吧。
把你的蔚蓝的丝巾留在岸上；
蔚蓝的水将没过你，盖住你。
水波将蹑足来吻你的颈项，
在你耳边低语。
来吧，如果你想跳进水里，
到我的湖上来吧。

如果你想发狂而投入死亡，
来吧，到我的湖上来吧。
它是清凉的，深到无底。
它沉黑得像无梦的睡眠。
在它的深处黑夜就是白天，
歌曲就是静默。
来吧，如果你想投入死亡，
到我的湖上来吧。

13

我一无所求，只站在林边树后。
倦意还逗留在黎明的眼上，露润在空气里。
湿草的懒味悬垂在地面的薄雾中。
在榕树下你用乳油般柔嫩的手挤着牛奶。
我沉静地站立着。

我没有说出一个字。那是藏起的鸟儿在密叶中歌唱。
芒果树在村径上撒着繁花，蜜蜂一只一只地嗡嗡飞来。
池塘边湿婆天的庙门开了，朝拜者开始诵经。
你把罐儿放在膝上挤着牛奶。
我提着空桶站立着。

我没有走近你。
天空和庙里的锣声一同醒起。
街尘在驱起的牛蹄下飞扬。
把汩汩发响的水瓶搂在腰上，女人们从河边走来。
你的钏镯丁当，乳沫溢出罐沿。
晨光渐逝而我没有走近你。

14

我在路边行走，
也不知道为什么，
时已过午，
竹枝在风中簌簌作响。
横斜的影子伸臂拖住流光的双足。
布谷鸟都唱倦了。
我在路边行走，
也不知道为什么。

低垂的树荫盖住水边的茅屋。
有人正忙着工作，
她的钏镯在一角放出乐音。
我在茅屋前面站着，
我不知道为什么。

曲径穿过一片芥菜田地和几层芒果树林。
它经过村庙和渡头的市集。
我在这茅屋面前停住了，
我不知道为什么。

好几年前，
三月风吹的一天，
春天倦慵地低语，
芒果花落在地上。
浪花跳起掠过立在渡头阶沿上的铜瓶。
我想着三月风吹的这一天，
我不知道为什么。

阴影更深，
牛群归栏。
冷落的牧场上日色苍白，
村人在河边待渡。
我缓步回去，
我不知道为什么。

15

我像麝鹿一样在林荫中奔走，
为着自己的香气而发狂。

夜晚是五月正中的夜晚，
清风是南国的清风。

我迷了路，我游荡着，
我寻求那得不到的东西，
我得到我所没有寻求的东西。

我自己的愿望的形象从我心中走出，
跳起舞来。
这闪光的形象飞掠过去。

我想把它紧紧捉住，
它躲开了又引着我飞走下去。

我寻求那得不到的东西，
我得到我所没有寻求的东西。

16

手握着手，眼恋着眼；
这样开始了我们的心的纪录。
这是三月的月明之夜；
空气里有凤仙花的芬芳；
我的横笛抛在地上，
你的花串也没有编成。
你我之间的爱像歌曲一样地单纯。

你橙黄色的面纱使我眼睛陶醉。
你给我编的茉莉花环使我心震颤，
像是受了赞扬。
这是一个又予又留、又隐又现的游戏；
有些微笑，有些娇羞，
也有些甜柔的无用的抵拦。
你我之间的爱像歌曲一样的单纯。

没有现在以外的神秘；
不强求那做不到的事情；
没有魅惑后面的阴影；

没有黑暗深处的探索。
你我之间的爱像歌曲一样的单纯。

我们没有走出一切语言之外进入永远的沉默；
我们没有向空举手寻求希望以外的东西。
我们付与，我们取得，这就够了。
我们没有把喜乐压成微尘来榨取痛苦之酒。
你我之间的爱像歌曲一样的单纯。

17

黄鸟在自己的树上歌唱，
使我的心喜舞。
我们两人住在一个村子里，
这是我们的一份快乐。
她心爱的一对小羊，
到我园树的荫下吃草。
它们若走进我的麦地，
我就把它们抱在臂里。
我们村子名叫康遮那，
人们管我们的小河叫安遮那。
我的名字村人都知道，
她的名字是软遮那。

我们中间只隔着一块田地。
在我们树里做窝的蜜蜂，
飞到他们林中去采蜜。
从他们渡头阶上流来的落花，
飘到我们洗澡的池塘里。

一筐一筐的红花干从他们地里送到我们的市集上。
我们村子名叫康遮那，
人们管我们的小河叫安遮那。
我的名字村人都知道，
她的名字是软遮那。

到她家去的那条曲巷，
春天充满了芒果的花香。
他们亚麻子收成的时候，
我们地里的苎麻正在开放。
在他们房上微笑的星辰，
送给我们以同样的闪亮。
在他们水槽里满溢的雨水，
也使我们的迦昙树林喜乐。
我们村子名叫康遮那，
人们管我们的小河叫安遮那。
我的名字村人都知道，
她的名字是软遮那。

18

当这两个姊妹出去打水的时候，
她们来到这地点，她们微笑了。
她们一定觉察到，
每次她们出来打水的时候，
那个站在树后的人儿。

姊妹俩相互耳语，
当她们走到这地点的时候。
她们一定猜到了，
每逢她们出来打水的时候，
那个人站在树后的秘密。
她们的水瓶忽然倾倒，
水倒出来了，
当她们走到这地点的时候。
她们一定发觉，
每逢她们出来打水的时候，
那个站在树后的人的心正在跳着。

姊妹俩相互瞥了一眼又微笑了，
当她们来到这地点的时候。
她们飞快的脚步里带着笑声，
使这个每逢她们出来打水的时候
站在树后的人儿心魂撩乱了。

19

你腰间搂着灌满的水瓶，
在河边路上行走。
你为什么急遽地回头，
从飘扬的面纱里偷偷地看我？

这个从黑暗中向我送来的闪视，
像凉风在粼粼的微波上掠过，
一阵震颤直到荫蔽的岸边。

它向我飞来，
像夜中的小鸟急遽地穿过
无灯的屋子的两边洞开的窗户，
又在黑夜中消失了。

你像一颗隐在山后的星星，
我是路上的行人。
但是你为什么站了一会，
从面纱中瞥视我的脸，
当你腰间搂着灌满的水瓶在河边路上行走的时候？

20

他天天来了又走了。
去吧，
把我头上的花朵送去给他吧，
我的朋友。
假如他问赠花的人是谁，
我请你不要把我的名字告诉他——
因为他来了又要走的。

他坐在树下的地上。
用繁花密叶给他敷设一个座位吧，
我的朋友。
他的眼神是忧郁的，
它把忧郁带到我的心中。
他没有说出他的心事；
他只是来了又走了。

21

他为什么特地来到我的门前，
这年轻的游子，
当天色黎明的时候？

每次我进出经过他的身旁，
我的眼睛总被他的面庞所吸引。

我不知道我是应该同他说话还是保持沉默。
他为什么特地到我门前来呢？

七月的阴夜是沉黑的；
秋日的天空是浅蓝的；
南风把春天吹得骀荡不宁。

他每次用新调编着新歌。

我放下活计眼里充满雾水。
他为什么特地到我门前来呢？

22

当她用急步走过我的身旁，
她的裙缘触到了我。

从一颗心的无名小岛上
忽然吹来了一阵春天的温馨。

一霎飞触的撩乱扫拂过我，
立刻又消失了，
像扯落的花瓣在和风中飘扬。

它落在我的心上，
像她身躯的叹息和她心灵的低语。

23

你为什么悠闲地坐在那里，
把镯子玩得丁当作响呢？
把你的水瓶灌满了吧。
是你应当回家的时候了。

你为什么悠闲地拨弄着水玩。
偷偷地瞥视路上的行人呢？
灌满你的水瓶回家去吧。

早晨的时间过去了——
沉黑的水不住地流逝。
波浪相互低语嬉笑闲玩着。

流荡的云片聚集在远野高地的天边。
它们留连着悠闲地看着你的脸微笑着。
灌满你的水瓶回家去吧。

24

不要把你心的秘密藏起，
我的朋友！
对我说吧，
秘密地对我一个人说吧。

你这个笑得这样温柔、说得这样轻软的人，
我的心将听着你的言语，
不是我的耳朵。
夜深沉，
庭宁静，
鸟巢也被睡眠笼罩着。

从踌躇的眼泪里，
从沉吟的微笑里，
从甜柔的羞怯和痛苦里，
把你心的秘密告诉我吧！

25

“到我们这里来吧，青年人，
老实告诉我们，为什么你眼里带着疯癫？”
“我不知道我喝了什么野罂粟花酒，
使我的眼里带着疯癫。”

“呵，多难为情！”

“好吧，有的人聪明有的人愚拙，
有的人细心有的人马虎。
有的眼睛会笑，有的眼睛会哭——
我的眼睛是带着疯癫的。”

“青年人，你为什么这样凝立在树影下呢？”

“我的脚被我沉重的心压得疲倦了，
我就在树影下凝立着。”

“呵，多难为情！”

“好吧，有人一直行进，

有人到处流连，有的人是自由的，

有的人是锁住的——

我的脚被我沉重的心压得疲倦了。”

26

“从你慷慨的手里所付与的
我都接受。我别无所求。”

“是了，是了，我懂得你，
谦卑的乞丐，你是乞求一个人的一切所有。”

“若是你给我一朵残花，
我也要把它戴在心上。”

“若是那花上有刺呢？”
“我就忍受着。”

“是了，是了，我懂得你，
谦卑的乞丐，你是乞求一个人的一切所有。”

“如果你只在我脸上瞥来一次爱怜的眼光，
就会使我的生命直到死后还是甜蜜的。”

“假如那只是残酷的眼色呢？”
“我要让它永远穿刺我的心。”

“是了，是了，我懂得你，
谦卑的乞丐，你是乞求一个人的一切所有。”

27

“即使爱只给你带来了哀愁，
也信任它。
不要把你的心关起。”

“呵，不，我的朋友，
你的话语太隐晦了，
我不懂得。”

“心是应该和一滴眼泪、
一首诗歌一起送给人的，
我爱。”

“呵，不，我的朋友，
你的话语太隐晦了，
我不懂得。”

“喜乐像露珠一样地脆弱，
它在欢笑中死去。

哀愁却是坚强而耐久。
让含愁的爱在你眼中醒起吧。”

“呵，不，我的朋友，
你的话语太隐晦了，
我不懂得。”

“荷花在日中开放，
丢掉了自己的一切所有。
在永生的冬雾里，
它将不再含苞。”

“呵，不，我的朋友，
你的话语太隐晦了，
我不懂得。”

28

你的疑问的眼光是含愁的。
它要追探了解我的意思，
好像月亮探测大海。

我已经把我生命的终始，
全部暴露在你的眼前，
没有任何隐秘和保留。
因此你不认识我。

假如它是一块宝石，
我就能把它碎成千百颗粒，
穿成项链挂在你的颈上。

假如它是一朵花，
圆圆小小香香的，
我就能从枝上采来戴在你的发上。

但是它是一颗心，

我的爱人。
何处是它的边和底？

你不知道这个王国的边极，
但你仍是这王国的女王。

假如它是片刻的欢娱，
它将在喜笑中开花，
你立刻就会看到、懂得了。

假如它是一阵痛苦，
它将融化成晶莹的眼泪，
不着一字地反映出它最深的秘密。

但是它是爱，我的爱人。

它的欢乐和痛苦是无边的，
它的需求和财富是无尽的。

它和你亲近得像你的生命一样，
但是你永远不能完全了解它。

29

对我说话吧，我爱！
用言语告诉我你唱的是什么。

夜是深黑的，星星消失在云里，
风在叶丛中叹息。

我将披散我的头发，
我的青蓝的披风将像黑夜一样地紧裹着我。
我将把你的头紧抱在胸前；
在甜柔的寂寞中在你心头低诉。
我将闭目静听。我不会看望你的脸。

等到你的话说完了，我们将沉默凝坐。
只有丛树在黑暗中微语。
夜将发白。天光将晓。
我们将望望彼此的眼睛，然后各走各的路。

对我说话吧，我爱！
用言语告诉我你唱的是什么。

30

你是一朵夜云，

在我梦幻中的天空浮泛。

我永远用爱恋的渴想来描画你。

你是我一个人的，

我一个人的，

我无尽的梦幻中的居住者！

你的双脚被我心切望的热光染得绯红，

我的落日之歌的搜集者！

我的痛苦之酒使你的唇儿苦甜。

你是我一个人的，

我一个人的，

我寂寥的梦幻中的居住者！

我用热情的浓影染黑了你的眼睛，
我的凝视深处的祟魂！

我捉住了你，
缠住了你，
我爱，
在我音乐的罗网里。

你是我一个人的，
我一个人的，
我永生的梦幻中的居住者！

31

我的心，

这只野鸟，

在你的双眼中找到了天空。

它们是清晓的摇篮，

它们是星辰的王国。

我的诗歌在它们的深处消失。

只让我在这天空中高飞，

翱翔在静寂的无限空间里。

只让我冲破它的云层，

在它的阳光中展翅吧。

32

告诉我，这一切是否都是真的。
我的情人，告诉我，这是否真的。

当这一对眼睛闪出电光，
你胸中的浓云发出风暴的回答。

我的唇儿，
是真像觉醒的初恋的蓓蕾那样香甜么？

消失了的五月的回忆仍旧流连在我的肢体上么？

那大地，
像一张琴，
真因着我双足的踏触而颤成诗歌么？

那么当我来时，
从夜的眼睛里真的落下露珠，
晨光也真因为围绕我的身躯而感到喜悦么？

是真的么，是真的么，
你的爱贯穿许多时代、
许多世界来寻找我么？

当你最后找到了我，
你天长地久的渴望，
在我的温柔的话里，
在我的眼睛嘴唇和飘扬的头发里，
找到了完全的宁静么？

那么“无限”的神秘是真的写在我小小的额上么？

告诉我，
我的情人，
这一切是否都是真的。

33

我爱你，我的爱人。
请饶恕我的爱。

像一只迷路的鸟，
我被捉住了。

当我的心抖战的时候，
它丢了围纱，变成赤裸。
用怜悯遮住它吧。
爱人，请饶恕我的爱。

如果你不能爱我，
爱人，请饶恕我的痛苦。

不要远远地斜视我。

我将偷偷地回到我的角落里去，
在黑暗中坐地。

我将用双手掩起我赤裸的羞惭。

回过脸去吧，
我的爱人，请饶恕我的痛苦。

如果你爱我，
爱人，请饶恕我的欢乐。

当我的心被快乐的洪水卷走的时候，
不要笑我的汹涌的退却。

当我坐在宝座上，
用我暴虐的爱来统治你的时候，
当我像女神一样向你施恩的时候，
饶恕我的骄傲吧，
爱人，也饶恕我的欢乐。

34

不要不辞而别，我爱。
我看望了一夜，
现在我脸上睡意重重。
只恐我在睡中把你丢失了。
不要不辞而别，我爱。

我惊起伸出双手去摸触你，
我问自己说，
“这是一个梦么？”
但愿我能用我的心系住你的双足，
紧抱在胸前！
不要不辞而别，我爱。

35

只恐我太容易地认得你，你对我耍花招。
你用欢笑的闪光使我目盲来掩盖你的眼泪。
我知道，我知道你的妙计。
你从来不说出你所要说的话。

只恐我不珍爱你，你千方百计地闪避我。
只恐我把你和大家混在一起，你独自站在一边。
我知道，我知道你的妙计，
你从来不走你所要走的路。

你的要求比别人都多，因此你才静默。
你用嬉笑的无心来回避我的赠与。
我知道，我知道你的妙计，
你从来不肯接受你想接受的东西。

36

他低声说，“我爱，抬起眼睛吧。”
我严厉地责骂他，说，“走！”但是他不动。
他站在我面前拉住我的双手。
我说，“躲开我！”但是他没有走。

他把脸靠近我的耳边。
我瞪他一眼说，“不要脸！”但是他没有动。
他的嘴唇触到我的腮颊。
我震颤了，说，“你太大胆了！”
但是他不怕丑。

他把一朵花插在我发上。我说，
“这也没有用处！”但是他站着不动。
他取下我颈上的花环就走开了。
我哭了，问我的心说，
“他为什么不回来呢？”

37

“你愿意把你的鲜花的花环挂在我的颈上么，
佳人？”
“但是你要晓得，
我编的那个花环，
是为大家的，
为那些偶然瞥见的人，
住在未开发的大地上的人，
住在诗人歌曲里的人。”

现在来请求我的心作为答赠已经太晚了。
曾有一个时候，
我的生命像一朵蓓蕾，
它所有的芬芳都储藏在花心里。
现在它已远远地喷溢四散。
谁晓得有什么魅力，
可以把它们收集关闭起来呢？
我的心不容我只给一个人，
它是要给与许多人的。

38

我爱，

从前有一天，

你的诗人把一首伟大史诗投进他心里。

呵，我不小心，

它打到你的丁当的脚镯上而引起悲愁。

它裂成诗歌的碎片散洒在你的脚边。

我满载的一切古代战争的货物，

都被笑浪所颠簸，

被眼泪浸透而下沉。

你必须使这损失成为我的收获，

我爱。

如果我的死后不朽的荣名的要求都破灭了，

在我生前使我不朽吧。

我将不为这损失伤心，

也不责怪你。

39

整个早晨我想编一个花环，
但是花儿滑掉了。
你坐在一旁偷偷地从侦伺的眼角看着我。
问这一对沉黑的恶作剧的眼睛，
这是谁的错。

我想唱一支歌，
但是唱不出来。
一个暗笑在你唇上颤动；
你问它我失败的缘由。
让你微笑的唇儿发一个誓，
说我的歌声怎样地消失在沉默里，
像一只在荷花里沉醉的蜜蜂。
夜晚了，
是花瓣合起的时候了。
容许我坐在你的旁边，
容许我的唇儿做那在沉默中、
在星辰的微光中能做的工作吧。

40

一个怀疑的微笑在你眼中闪烁，
当我来向你告别的时候。
我这样做的次数太多了，
你想我很快又会回来。
告诉你实话，
我自己心里也有同样的怀疑。
因为春天年年回来；
满月道过别又来访问，
花儿每年回来在枝上红晕着脸，
很可能我向你告别只为的要再回到你的身边。
但是把这幻象保留一会吧，
不要冷酷粗率地把它赶走。
当我说我要永远离开你的时候，
就当作真话来接受它，
让泪雾暂时加深你眼边的黑影。
当我再来的时候，
随便你怎样地狡笑吧。

41

我想对你说出我要说的最深的话语，
我不敢，我怕你哂笑。
因此我嘲笑自己，
把我的秘密在玩笑中打碎。
我把我的痛苦说得轻松，
因为怕你会这样做。

我想对你说出我要说的最真的话语，
我不敢，我怕你不信。
因此我弄真成假，
说出和我的真心相反的话。
我把我的痛苦说得可笑，
因为我怕你会这样做。

我想用最宝贵的名词来形容你，
我不敢，我怕得不到相当的酬报。
因此我给你安上苛刻的名字，

而夸示我的硬骨。
我伤害你，
因为怕你永远不知道我的痛苦。

我渴望静默地坐在你的身旁，
我不敢，怕我的心会跳到我的唇上。
因此我轻松地说东道西，
把我的心藏在语言的后面。
我粗暴地对待我的痛苦，
因为我怕你会这样做。

我渴望从你身边走开，
我不敢，怕你看出我的懦怯。
因此我随随便便地昂首走到你的面前。
从你眼里频频掷来的刺激，
使我的痛苦永远新鲜。

42

呵，疯狂的、头号的醉汉；
如果你踢开门户在大众面前装疯；
如果你在一夜倒空囊橐，
对慎重轻蔑地弹着指头；
如果你走着奇怪的道路，
和无益的东西游戏；
不理会韵律和理性；
如果你在风暴前扯起船帆，
你把船舵折成两半，
那么我就要跟随你，
伙伴，喝得烂醉走向堕落灭亡。

我在稳重聪明的街坊中间虚度了日日夜夜。
过多的知识使我白了头发，
过多的观察使我眼力模糊。
多年来我积攒了许多零碎的东西；
把这些东西摔碎，
在上面跳舞，

把它们散掷到风中去吧。
因为我知道喝得烂醉而堕落灭亡，
是最高的智慧。

让一切歪曲的顾虑消亡吧，
让我无望地迷失了路途。
让一阵旋风吹来，
把我连船锚一齐卷走。
世界上住着高尚的人，
劳动的人，
有用又聪明。
有的人很从容地走在前头，
有的人庄重地走在后面。
让他们快乐繁荣吧，
让我傻呆地无用吧。
因为我知道喝得烂醉而堕落灭亡，
是一切工作的结局。

我此刻誓将一切的要求，
让给正人君子。
我抛弃我学识的自豪和是非的判断。

我打碎记忆的瓶壶，
挥洒最后的眼泪。
以红果酒的泡沫来洗澡，
使我欢笑发出光辉。
我暂且撕裂温恭和认真的标志。
我将发誓做一个无用的人，
喝得烂醉而堕落灭亡下去。

43

不，我的朋友，
我永不会做一个苦行者，
随便你怎么说。
我将永不做一个苦行者，
假如她不和我一同受戒。
这是我坚定的决心，
如果我找不到一个荫凉的住处和一个忏悔的伴侣，
我将永远不会变成一个苦行者。

不，我的朋友，
我将永不离开我的炉火与家庭，
去退隐到深林里面，
如果在林荫中没有欢笑的回响；
如果没有郁金香色的衣裙在风中飘扬；
如果它的幽静不因有轻柔的微语而加深，
我将永不会做一个苦行者。

44

尊敬的长者，
饶恕这一对罪人吧。

今天春风猖狂地吹起旋舞，
把尘土和枯叶都扫走了，
你的功课也随着一起丢掉了。

师父，不要说生命是虚空的。

因为我们和死亡订下一次和约，
在一段温馨的时间中，我俩变成不朽。

即使是国王的军队凶猛地前来追捕，
我们将忧愁地摇头说，
弟兄们，你们搅扰了我们了。
如果你们必须做这个吵闹的游戏，
到别处去敲击你们的武器吧。
因为我们刚在这片刻飞逝的时光中变成不朽。

如果亲切的人们来把我们围起，
我们将恭敬地向他们鞠躬说，
这个荣幸使我们惭愧。
在我们居住的无限天空之中，
没有多少隙地。
因为在春天繁花盛开，
蜜蜂的忙碌的翅翼也彼此摩挤。
只住着我们两个仙人的小天堂，
是狭小得太可笑了。

45

对那些定要离开的客人们，
求神帮他们快走，
并且扫掉他们所有的足迹。

把舒服的单纯的亲近的，
微笑着一起抱在你的怀里。

今天是幻影的节日，
他们不知道自己的死期。

让你的笑声只作为无意义的欢乐，
像浪花上的闪光。

让你的生命像露珠在叶尖一样，
在时间的边缘上轻轻跳舞。

在你的琴弦上弹出无定的暂时的音调吧。

46

你离开我自己走了。
我想我将为你忧伤，
还将用金色的诗歌铸成你孤寂的形象，
供养在我的心里。
但是，我的运气多坏，
时间是短促的。

青春一年一年地消逝；
春日是暂时的；
柔弱的花朵无意义地凋谢，
聪明人警告我说，
生命只是一颗荷叶上的露珠。
我可以不管这些，
只凝望着背弃我的那个人么？
这会是无益的，愚蠢的，
因为时间是太短暂了。

那么，来吧，我的雨夜的脚步声；

微笑吧，我的金色的秋天；
来吧，无虑无忧的四月，
散掷着你的亲吻。
你来吧，还有你，也有你！
我的情人们，你知道我们都是凡人。
为一个取回她的心的人而心碎，
是件聪明的事情么？
因为时间是短暂的。

坐在屋角凝思，
把我的世界中的你们都写在韵律里，
是甜柔的。
把自己的忧伤抱紧，
决不受人安慰，是英勇的。
但是一个新的面庞，
在我门外偷窥，
抬起眼来看我的眼睛。
我只能拭去眼泪，
更改我歌曲的腔调。
因为时间是短暂的。

47

如果你要这样，
我就停了歌唱。

如果它使你心震颤，
我就把眼光从你脸上挪开。

如果使你在行走时忽然惊跃，
我就躲开另走别路。

如果在你编串花环时，
使你烦乱，
我就避开你寂寞的花园。

如果我使水花飞溅，
我就不在你的河边划船。

48

把我从你甜柔的枷束中放出来吧，
我爱，不要再斟上亲吻的酒。

香烟的浓雾窒塞了我的心。

开起门来，让晨光进入吧！

我消失在你里面，
包缠在你爱抚的折痕之中。

把我从你的诱惑中放出来吧，
把男子气概交还我，
好让我把得到自由的心贡献给你。

49

我握住她的手把她抱紧在胸前。

我想以她的爱娇来填满我的怀抱，
用亲吻来偷劫她的甜笑，
用我的眼睛来吸饮她的深黑的一瞥。

呵，但是，它在哪里呢？
谁能从天空滤出蔚蓝呢？

我想去把握美；
它躲开我，
只有躯体留在我的手里。

失望而困乏地我回来了。

躯体哪能触到那只有精神才能触到的花朵呢？

50

爱，
我的心日夜想望和你相见——
那像吞灭一切的死亡一样的会见。

像一阵风暴把我卷走；
把我的一切都拿去；
劈开我的睡眠抢走我的梦。
剥夺了我的世界。

在这毁灭里，
在精神的全部赤露里，
让我们在美中合一吧。

我的空想是可怜的！
除了在你里面，
哪有这合一的希望呢，
我的神？

51

那么唱完最后一支歌就让我们走吧。

当这夜过完就把这夜完掉。

我想把谁紧抱在臂里呢?
梦是永不会被捉住的。

我渴望的双手把“空虚”紧压在我心上,
压碎了我的胸膛。

52

灯为什么熄了呢?
我用斗篷遮住它怕它被风吹灭,
因此灯熄了。
花为什么谢了呢?
我的热恋的爱把它紧压在我的心上,
因此花谢了。

泉为什么干了呢?
我盖起一道堤把它拦起给我使用,
因此泉干了。
琴弦为什么断了呢?
我强弹一个它力不能胜的音节,
因此琴弦断了。

53

为什么盯着我使我羞愧呢?
我不是来求乞的。
只为要消磨时光,
我才来站在你院边的篱外。
为什么盯着我使我羞愧呢?

我没有从你园里采走一朵玫瑰,
没有摘下一颗果子。
我谦卑地在任何生客都可站立的路边棚下,
找个荫蔽。
我没有采走一朵玫瑰。

是的,我的脚疲乏了,
骤雨又落了下来。
风在摇曳的竹林中呼叫。
云阵像败退似地跑过天空。
我的脚疲乏了。

我不知道你怎样看待我，
或是你在门口等什么人。
电闪昏眩了你看望的目光。
我怎能知道你会看到站在黑暗中的我呢？
我不知道你怎样看待我。

白日过尽，
雨势暂停。
我离开你园畔的树荫和草地上的座位。
日光已暗；
关上你的门户吧；
我走我的路。
白日过尽了。

54

市集已过，

你在夜晚急急地提着篮子要到哪里去呢？

他们都挑着担子回家去了；

月亮从树隙中下窥。

唤船的回声从深黑的水上传到远处野鸭睡眠的沼泽。

在市集已过的时候，

你提着篮子急忙地要到哪里去呢？

睡眠把她的手指按在大地的双眼上。

鸦巢已静，

竹叶的微语也已沉默。

劳动的人们从田间归来，

把席子展铺在院子里。

在市集已过的时候，

你提着篮子急忙地要到哪里去呢？

55

正午的时候你走了。
烈日当空。
当你走的时候，
我已经完了工作，
坐在凉台上。
不定的风吹来，
含带着许多远野的香气。
鸽子在树荫中不停地叫唤，
一只蜜蜂在我屋里飞着，
嗡出许多远野的消息。

村庄在午热中入睡了。
路上无人。
树叶的声音时起时息。
我凝望天空，
把一个我知道的人的名字织在蔚蓝里，
当村庄在午热中入睡的时候。
我忘记把头发编起。

困倦的风在我颊上和它嬉戏。
河水在浓荫岸下平静地流着。
懒散的白云动也不动。
我忘了编起我的头发。

正午的时候你走了。
路上尘土灼热，
田野在喘息。
鸽子在密叶中呼唤。
我独坐在凉台上，
当你走的时候。

56

我是妇女中为平庸的日常家务而忙碌的一个。

你为什么把我挑选出来，

把我从日常生活的凉荫中带出来？

没有表现出来的爱是神圣的。

它像宝石般在隐藏的心的朦胧里放光。

在奇异的日光中，

它显得可怜地晦暗。

呵，你打碎我心的盖子，

把我颤栗的爱情拖到空旷的地方，

把那阴暗的藏我心巢的一角，永远破坏了。

别的女人和从前一样。

没有一个人窥探到自己的最深处，

她们不知道自己的秘密。

她们轻快地微笑，哭泣，谈话，工作。

她们每天到庙里去，

点上她们的灯，

还到河中取水。

我希望能从无遮拦的颤羞中把我的爱情救出，

但是你掉头不顾。

是的，

你的前途是远大的，

但是你把我的归路切断了，

让我在世界的无睫毛的眼睛日夜瞪视之下赤裸着。

57

我采了你的花，
呵，世界！
我把它压在胸前，
花刺伤了我。
日光渐暗，
我发现花儿凋谢了，
痛苦却存留着。

许多有香有色的花又将来到你这里，
呵，世界！
但是我采花的时代过去了，
黑夜悠悠，
我没有了玫瑰，
只有痛苦存留着。

58

有一天早晨，

一个盲女来献给我一串盖在荷叶下的花环。

我把它挂在颈上，

泪水涌上我的眼睛。

我吻了她，说，

“你和花朵一样地盲目。”

“你自己不知道你的礼物是多么美丽。”

59

呵，女人，
你不但是神的，
而且是人的手工艺品；
他们永远从心里用美来打扮你。

诗人用比喻的金线替你织网，
画家们给你的身形以永新的不朽。

海献上珍珠，
矿献上金子，
夏日的花园献上花朵来装扮你，
覆盖你，
使你更加美妙。

人类心中的愿望，
在你的青春上洒上光荣。

你一半是女人，
一半是梦。

60

在生命奔腾怒吼的中流，
呵，石头雕成的“美”，
你冷静无言，
独自超绝地站立着。

“伟大的时间”
依恋地坐在你脚边低语说：
“说话吧，对我说话吧，
我爱，说话吧，我的新娘！”

但是你的话被石头关住了，
呵，“不动的美”！

61

安静吧，我的心，
让别离的时间甜柔吧。
让它不是个死亡，
而是圆满。
让爱恋融入记忆，
痛苦融入诗歌吧。
让穿越天空的飞翔在巢上敛翼中终止。
让你双手的最后的接触，
像夜中花朵一样的温柔。
站住一会吧，
呵，“美丽的结局”，
用沉默说出最后的话语吧。
我向你鞠躬，
举起我的灯来照亮你的归途。

62

在梦境的朦胧小路上，
我去寻找我前生的爱。
她的房子是在冷静的街尾。

在晚风中，
她爱养的孔雀在架上昏睡，
鸽子在自己的角落里沉默着。

她把灯放在门边，
站在我面前。
她抬起一双大眼望着我的脸，

无言地问说，
“你好么，我的朋友？”
我想回答，
但是我们的语言迷失而又忘却了。

我想来想去，

怎么也想不起我们叫什么名字。
眼泪在她眼中闪光，
她向我伸出右手。
我握住她的手静默地站着。

我们的灯在晚风中颤摇着熄灭了。

63

行路人，

你必须走么？

夜是静寂的，

黑暗在树林上昏睡。

我们的凉台上灯火辉煌，

繁花鲜美，

青春的眼睛还清醒着。

你离开的时间到了么？

行路人，

你必须走么？

我们不曾用恳求的手臂来抱住你的双足。

你的门开着。

你的立在门外的马，

也已上了鞍鞯。

如果我们想拦住你的去路，

也只是用我们的歌曲。

如果我们曾想挽留你，

也只是用我们的眼睛。
行路人，
我们没有希望留住你，
我们只有眼泪。

在你眼里发光的是什么样的不灭之火？
在你血管中奔流的是什么样的不宁的热力？
从黑暗中有什么召唤在引动你？
你从天上的星星中，
念到什么可怕的咒语，
就是黑夜沉默而异样地走进你心中时
带来的那个密封的秘密的消息？
如果你不喜欢那热闹的集会，
如果你需要安静，
困乏的心呵，
我们就吹灭灯火，
停止琴声。
我们将在风叶声中静坐在黑暗里，
倦乏的月亮将在你窗上洒上苍白的光辉。
呵，行路人，
是什么不眠的精灵从午夜的心中和你接触了呢？

64

我在大路灼热的尘土上消磨了一天。
现在，
在晚凉中我敲着一座小庙的门。
这庙已经荒废倒塌了。
一棵愁苦的菩提树，
从破墙的裂缝里伸展出饥饿的爪根。

从前曾有过路人到这里来洗疲乏的脚。
他们在新月的微光中在院里摊开席子，
坐着谈论异地的风光。
早起他们精神恢复了，
鸟声使他们欢悦，
友爱的花儿在道边向他们点首。

但是当我来的时候没有灯在等待我。
只有残留的灯烟熏污的黑迹，
像盲人的眼睛，
从墙上瞪视着我。

萤火虫在涸池边的草里闪烁，

竹影在荒芜的小径上摇曳。

我在一天之末做了没有主人的客人。

在我面前的是漫漫的长夜，我疲倦了。

65

又是你呼唤我么？
夜来到了，
困乏像爱的恳求用双臂围抱住我。
你叫我了么？

我已把整天的工夫给了你，
残忍的主妇，
你还定要掠夺我的夜晚么？
万事都有个终结，
黑暗的静寂是个人独有的。
你的声音定要穿透黑暗来刺激我么？

难道你门前的夜晚，没有音乐和睡眠么？
难道那翅翼不响的星辰，
从来不攀登你的不仁之塔的上空么？
难道你园中的花朵，
永不在绵软的死亡中堕地么？
你定要叫我么，

你这不安静的人?

那就让爱的愁眼,

徒然地因着盼望而流泪。

让灯盏在空屋里点着。

让渡船载那些困乏的工人回家。

我把梦想丢下,

来奔赴你的召唤。

66

一个流浪的疯子在寻找点金石，
他褐黄的头发乱蓬蓬地蒙着尘土，
身体瘦到像个影子。
他双唇紧闭，就像他的紧闭的心门。
他的烧红的眼睛就像萤火虫的亮光在寻找他的爱侣。

无边的海在他面前怒吼。
喧哗的波浪，
在不停地谈论那隐藏的珠宝，
嘲笑那不懂得它们的意思的愚人。
也许现在他不再有希望了，
但是他不肯休息，
因为寻求变成他的生命，——
就像海洋永远向天伸臂求得不可达到的东西——
就像星辰绕着圈走，
却要寻找一个永不能到达的目标——
在那寂寞的海边，
那头发垢乱的疯子，
也仍旧徘徊着寻找点金石。

有一天，
一个村童走上来问，
“告诉我，你腰上的那条金链是从哪里来的呢？”
疯子吓了一跳——
那条本来是铁的链子真的变成金的了；
这不是一场梦，
但是他不知道是什么时候变了的。
他狂乱地敲着自己的前额——
什么时候，
呵，
什么时候在他不知不觉之中得到成功了呢?
拾起大石去碰碰那条链子，
然后不看看变化与否，
又把它扔掉，
这已成了习惯；
就是这样，
这疯子找到了又失掉了那块点金石。

太阳沉西，
天空灿金。
疯子沿着自己的脚印走回，
去寻找他失去的珍宝。
他气力尽消，
身体弯曲，
他的心像连根拔起的树一样，
萎垂在尘土里了。

67

虽然夜晚缓步走来，
让一切歌声停息；
虽然你的伙伴都去休息而你也倦乏了；
虽然恐怖在黑暗中弥漫，
天空的脸也被面纱遮起；
但是，鸟儿，我的鸟儿，
听我的话，不要垂翅吧。

这不是林中树叶的阴影，
这是大海涨溢，
像一条深黑的龙蛇。
这不是盛开的茉莉花的跳舞，
这是闪光的水沫。
呵，何处是阳光下的绿岸，
何处是你的窝巢？
鸟儿，呵，我的鸟儿，
听我的话，不要垂翅吧。

长夜躺在你的路边，
黎明在朦胧的山后睡眠。
星辰屏息地数着时间，
柔弱的月儿在夜中浮泛。
鸟儿，呵，我的鸟儿，
听我的话，不要垂翅吧。

对于你，
这里没有希望，
没有恐怖。
这里没有消息，
没有低语，
没有呼唤。
这里没有家，
没有休息的床。
这里只有你自己的一双翅翼和无路的天空。
鸟儿，呵，我的鸟儿，
听我的话，不要垂翅吧。

68

没有人永远活着，

弟兄，没有东西能得以经久。

把这紧记在心及时行乐吧。

我们的生命不是那个旧的负担，

我们的道路不是那条长的旅程。

一个单独的诗人，

不必去唱一支旧歌。

花儿萎谢；

但是戴花的人不必永远悲伤。

弟兄，把这紧记在心及时行乐吧。

必须有一段完全的停歇，

好把“圆满”编进音乐。

生命向它的黄昏下落，

为了沉浸于金影之中。

必须从游戏中把“爱”召回，

去饮忧伤之酒，再去生于泪天。

弟兄，把这紧记在心及时行乐吧。

我们忙去采花，
怕被过路的风偷走。
去夺取稍纵即逝的接吻，
使我们血液奔流双目发光。
我们的生命是热切的，
愿望是强烈的，因为时间在敲着离别之钟。
弟兄，把这紧记在心及时行乐吧。

我们没有时间去把握一件事物，
揉碎它又把它丢在地上。
时间急速地走过，
把梦幻藏在裙底。
我们的生命是短促的，
只有几天恋爱的工夫。
若是为工作和劳役，
生命就变得无尽的漫长。
弟兄，把这紧记在心及时行乐吧。

美对我们是甜柔的，
因为她和我们生命的快速调子应节舞蹈。
知识对我们是宝贵的，
因为我们永不会有时间去完成它。
一切都在永生的天上做完。
但是大地的幻象的花朵，
却被死亡保持得永远新鲜。
弟兄，把这紧记在心及时行乐吧。

69

我要追逐金鹿。
你也许会讪笑，
我的朋友，
但是我追求那逃避我的幻象。
我翻山越谷，
我游遍许多无名的土地，
因为我要追逐金鹿。
你到市场采买，
满载着回家，
但不知从何时何地一阵无家之风吹到我身上。
我心中无牵无挂；
我把一切所有都撇在后面。
我翻山越谷，
我游遍许多无名的土地——
因为我在追逐金鹿。

70

我记得在童年时代，
有一天我在水沟里漂一只纸船。
那是七月的一个阴湿的天，
我独自快乐地嬉戏。
我在沟里漂一只纸船。

忽然间阴云密布，
狂风怒号，大雨倾注。
浑水像小河般流溢，
把我的船冲没了。
我心里难过地想，
这风暴是故意来破坏我的快乐的，
它的一切恶意都是对着我。

今天，七月的阴天是漫长的，
我在默忆我生命中以我为失败者的一切游戏。
我抱怨命运，
因为它屡次戏弄了我，
当我忽然忆起我的沉在沟里的纸船的时候。

71

白日未尽，
河岸上的市集未散。
我只恐我的时间浪掷了，
我的最后一文钱也丢掉了。
但是，
没有，我的弟兄，
我还有些剩余。
命运并没有把我的一切都骗走。

买卖做完了。
两边的手续费都收过了，
该是我回家的时候了。
但是，看门的，
你要你的辛苦钱么？
别怕，我还有点剩余。
命运并没有把我的一切都骗走。

风声宣布着风暴的威胁，
西方低垂的云影预报着恶兆。

静默的河水在等候着狂风。
我怕被黑夜赶上，急忙过河。
呵，船夫，你要收费！
是的，弟兄，我还有些剩余。
命运并没有把我的一切都骗走。

路边树下坐着一个乞丐。
可怜呵，他含着羞怯的希望看着我的脸！
他以为我富足地携带着一天的利润。
是的，弟兄，我还有点剩余。
命运并没有把我的一切都骗走。

夜色愈深，路上静寂。
萤火在草间闪烁。
谁以悄悄的蹑步在跟着我？
呵，我知道，你想掠夺我的一切获得。
我必不使你失望！
因为我还有些剩余。
命运并没有把我的一切都骗走。

夜半到家。

我两手空空。

你带着切望的眼睛，

在门前等我，

无眠而静默。

像一只羞怯的鸟，

你满怀热爱地飞到我胸前。

哎，哎，我的神，我还有许多剩余。

命运并没有把我的一切都骗走。

72

用了几天的苦工，

我盖起一座庙宇。

这庙里没有门窗，

墙壁是用层石厚厚地垒起的。

我忘掉一切，

我躲避大千世界，

我神注目夺地凝视着我安放在龛里的偶像。

里面永远是黑夜，

以香油的灯盏来照明。

不断的香烟，

把我的心缭绕在沉重的螺旋里。

我彻夜不眠，

用扭曲混乱的线条在墙上刻画出一些奇异的图形——

生翼的马，人面的花，四肢像蛇的女人。

我不在任何地方留下一线之路，

使鸟的歌声，叶的细语，或村镇的喧嚣得以进入。

在沉黑的仰顶上，
唯一的声音是我礼赞的回响。
我的心思变得强烈而镇定，
像一个尖尖的火焰。
我的感官在狂欢中昏晕。
我不知道时间如何度过，
直到巨雷震劈了这座庙宇，
一阵剧痛刺穿我的心。

灯火显得苍白而羞愧；
墙上的刻画像是被锁住的梦，
无意义地瞪视着，
仿佛要躲藏起来。
我看着龛上的偶像，
我看见它微笑了，
和神的活生生的接触，
它活了起来。
被我囚禁的黑夜，展起翅来飞逝了。

73

无量的财富不是你的，
我的耐心的微黑的尘土母亲。
你操劳着来填满你孩子们的嘴，
但是粮食是很少的。
你给我们的欢乐礼物，
永远不是完全的。
你给你孩子们做的玩具，
是不牢的。
你不能满足我们的一切渴望，
但是我能为此就背弃你么？
你的含着痛苦阴影的微笑，
对我的眼睛是甜柔的。
你的永不满足的爱，
对我的心是亲切的。
从你的胸乳里，
你是以生命而不是以不朽来哺育我们，
因此你的眼睛永远是警醒的。

累年积代地你用颜色和诗歌来工作，
但是你的天堂还没有盖起，
仅有天堂的愁苦的意味。
你的美的创造上蒙着泪雾。
我将把我的诗歌倾注入你无言的心里，
把我的爱倾注入你的爱中。
我将用劳动来礼拜你。
我看见过你的温慈的面庞，
我爱你的悲哀的尘土，
大地母亲。

74

在世界的谒见堂里，
一根朴素的草叶，
和阳光与夜半的星辰，坐在同一条毡褥上。

我的诗歌，
也这样地和云彩与森林的音乐，
在世界的心中平分席次。

但是，你这富有的人，
你的财富，
在太阳的喜悦的金光和沉思的月亮的柔光，
这种单纯的光彩里，
却占不了一份。

包罗万象的天空的祝福，
没有洒在它的上面。

等到死亡出现的时候，
它就苍白枯萎，碎成尘土了。

75

夜半，那个自称的苦行人宣告说：

“弃家求神的时候到了。

呵，谁把我牵住在妄想里这么久呢？”

神低声说，“是我，”

但是这个人的耳朵是塞住的。

他的妻子和吃奶的孩子一同躺着，

安静地睡在床的那边。

这个人说，

“什么人把我骗了这么久呢？”

声音又说，

“是神，”但是他听不见。

婴儿在梦中哭了，

挨向他的母亲。

神命令说，

“别走，傻子，不要离开你的家，”

但是他还是听不见。

神叹息又委屈地说，

“为什么我的仆人要把我丢下，而到处去找我呢？”

76

庙前的集会正在进行。
从一早起就下雨，
这一天快过尽了。

比一切群众的欢乐还光辉的，
是一个花一文钱买到一个棕叶哨子的
小女孩的光辉的微笑。

哨子的尖脆欢乐的音乐，
在一切笑语喧哗之上飘浮。

无尽的人流来挤在一起，
路上泥泞，
河水在涨，
在不停的雨下，
田地都没在水里。

比一切群众的烦恼更深的，

是一个小男孩的烦恼——

他连买那根带颜色的小棍的一文钱都没有。

他苦闷的眼睛望着那间小店，

使得这整个人类的集会变成可悲悯的。

77

西乡来的工人和他的妻子正忙着替砖窑挖土。
他们的小女儿到河边的渡头上；
她无休无歇地擦洗锅盘。
她的小弟弟，
光着头，
赤裸着黧黑的涂满泥土的身躯，
跟着她，
听她的话，
在高高的河岸上耐心地等着她。
她顶着满瓶的水，
平稳地走回家去，
左手提着发亮的铜壶，
右手拉着那个孩子——
她是妈妈的小丫头，
繁重的家务使她变得严肃了。
有一天我看见那赤裸的孩子伸着腿坐着，
他姐姐坐在水里，
用一把土在转来转去地擦洗一把水壶。

一只毛茸茸的小羊，
在河岸上吃草。
它走近这孩子身边，
忽然大叫了一声，
孩子吓得哭喊起来。
他姐姐放下水壶跑上岸来。
她一只手抱起弟弟，
一只手抱起小羊，
把她的爱抚分成两半，
人类和动物的后代在慈爱的连结中合一了。

78

在五月天里，
闷热的正午仿佛是无尽地悠长。
干地在灼热中渴得张着口。

当我听到河边有个声音叫，
“来吧，我的宝贝！”

我合上书开窗外视。

我看见一只皮毛上尽是泥土的大水牛，
眼光沉着地站在河边；
一个小伙子站在没膝的水里，
在叫它来洗澡。

我高兴而微笑了，
我心里感到一阵甜柔的接触。

79

我常常思索，
人和动物之间没有语言，
他们心中互相认识的界线在哪里。

在远古创世的清晨，
通过哪一条太初乐园的单纯的小径，
他们的心曾彼此访问过。

他们的亲属关系早被忘却，
他们不变的足印的符号并没有消灭。

可是忽然在些无言的音乐中，
那模糊的记忆清醒起来，
动物用温柔的信任注视着人的脸，
人也用嬉笑的感情下望着它的眼睛。

好像两个朋友戴着面具相逢，
在伪装下彼此模糊地互认着。

80

用一转的秋波，
你能从诗人的琴弦上夺去一切诗歌的财富，
美妙的女人！

但是你不愿听他们的赞扬，
因此我来颂赞你。

你能使世界上最骄傲的头在你脚前俯伏。

但是你愿意崇拜的是你所爱的没有名望的人们，
因此我崇拜你。

你的完美的双臂的接触，
能在帝王的荣光上加上光荣。

但你却用你的手臂去扫除尘土，
使你微贱的家庭整洁，
因此我心中充满了钦敬。

81

你为什么这样低声地对我耳语，
呵，“死亡”，我的“死亡”？
当花儿晚谢，
牛儿归棚，
你偷偷地走到我身边，
说出我不了解的话语。
难道你必须用昏沉的微语和冰冷的接吻，
来向我求爱，来赢得我心么，
呵，“死亡”，我的“死亡”？

我们的婚礼不会有铺张的仪式么？
在你褐黄的鬈发上不系上花串么？
在你前面没有举旗的人么，
你也没有通红的火炬，
使黑夜像着火一样地明亮么，
呵，“死亡”，我的“死亡”？

你吹着法螺来吧，
在无眠之夜来吧。

给我穿上红衣，
紧握我的手把我娶走吧。
让你的驾着急躁嘶叫的马的车辇，
准备好等在我门前吧。
揭开我的面纱骄傲地看我的脸吧，
呵，“死亡”，我的“死亡”。

82

我们今夜要做“死亡”的游戏，
我的新娘和我。
夜是深黑的，
空中的云霾是翻腾的，
波涛在海里咆哮。
我们离开梦的床榻，
推门出去，
我的新娘和我。
我们坐在秋千上，
狂风从后面猛烈地推送我们。
我的新娘吓得又惊又喜，
她颤抖着紧靠在我的胸前。
许多日子我温存地服侍她。
我替她铺一个花床，
我关上门不让强烈的光射在她眼上。
我轻轻地吻她的嘴唇，
软软地在她耳边低语，
直到她困倦得半入昏睡。

她消失在模糊的无边甜柔的云雾之中。
我摩抚她，
她没有反应；
我的歌唱也不能把她唤醒。
今夜，
风暴的召唤从旷野来到。
我的新娘颤抖着站起，
她牵着我的手走了出来。
她的头发在风中飞扬，
她的面纱飘动，
她的花环在胸前习习作响。
死亡的推送把她摇晃活了。
我们面面相看，
心心相印，
我的新娘和我。

83

她住在玉米地边的山畔，
靠近那股嬉笑着流经古树的庄严的阴影的清泉。
女人们提罐到这里来装水，
过客们在这里谈话休息。
她每天随着潺潺的泉韵工作幻想。

有一天，
一个陌生人从云中的山上下来；
他的头发像醉蛇一样的纷乱。
我们惊奇地问，“你是谁？”
他不回答，只坐在喧闹的水边，
沉默地望着她的茅屋。
我们吓得心跳。
到了夜里，我们都回家去了。

第二天早晨，
女人们到杉树下的泉边取水，
她们发现她茅屋的门开着，

但是，她的声音没有了，
她微笑的脸哪里去了呢？
空罐立在地上，
她屋角的灯，
油尽火灭了。
没有人晓得在黎明以前，
她跑到哪里去了——
那个陌生人也不见了。

到了五月，阳光渐强，冰雪化尽，
我们坐在泉边哭泣。
我们心里想，
“她去的地方有泉水么，
在这炎热焦渴的天气中，
她能到哪里去取水呢？”
我们惶恐地对问，
“在我们住的山外还有地方么？”

夏天的夜里，微风从南方吹来；
我坐在她的空屋里，
没有点上的灯仍在那里立着。
忽然间那座山峰，
像帘幕拉开一样从我眼前消失了。
“呵，那是她来了。
你好么，我的孩子？你快乐么？
在无遮的天空下，你有个荫凉的地方么？
可怜呵，我们的泉水不在这里供你解渴。”

“那边还是那个天空，”她说，
“只是不受屏山的遮隔，——
也还是那股流泉长成江河，——
也还是那片土地伸广变成平原。”
“一切都有了，”我叹息说，
“只有我们不在。”
她含愁地笑说，
“你们是在我的心里。”
我醒起听见泉流潺潺，
杉树的叶子在夜中沙沙地响着。

84

黄绿的稻田上掠过秋云的阴影，
后面是狂追的太阳。
蜜蜂被光明所陶醉，
忘了吸蜜，
只痴呆地飞翔嗡唱。
河里岛上的鸭群，
无缘无故地欢乐地吵闹。
我们都不回家吧，
弟兄们，
今天早晨我们都不去工作。
让我们以狂风暴雨之势占领青天，
让我们飞奔着抢夺空间吧。
笑声飘浮在空气上，
像洪水上的泡沫。
弟兄们，
让我们把清晨浪费在无用的歌曲上面吧。

85

你是什么人，

读者，

百年后读着我的诗？

我不能从春天的财富里送你一朵花，

从天边的云彩里送你一片金影。

开起门来四望吧。

从你的群花盛开的园子里，

采取百年前消逝了的花儿的芬芳记忆。

在你心的欢乐里，

愿你感到一个春晨吟唱的活的欢乐，

把它快乐的声音，

传过一百年的时间。